小林秀雄
美的モデルネの行方

野村幸一郎
Nomura Kōichirō

和泉選書

目次

はじめに

美的モデルネの構造

小林秀雄が終生、関心を持ち続けたベルグソンは、知のありかたを、分析と直観に分類した。

> 分析とは一つの物をその物でないものと照し合わせて函数関係に於て表現することになる。して見ると、分析は翻訳、符号による説明、次々に取つた視点からする表現（表象）であつて、それらの視点から今研究してゐる新しい対象と既に知つてゐるつもりの他の対象との接触を記述するのである。（中略）しかし直観は、もし可能だとすれば単純な行為である。(1)

分析とは、実証科学の常套手段である。ベルグソンに言わせれば、そのような知は相対的なものに過ぎない。たとえば、空間中において、ある物体が移動していたとする。その運動を表象しようとすれば、座標軸の中でどの位置を占め、時間軸上において、その位置がどのように変化していったかを、数字や符号によって書き記すことになる。

このような科学の叙述は、二重の意味で、相対性を内包している。第一に、科学の符号は、私の知覚と一致する保証がどこにもない。たとえば、眺める私の視点が動いているか、動いていないかによって、物体の移動は、科学によって表象されたのと違った形で、知覚される。

第二に、科学的符号、たとえば数字は、運動の「量」を表象しており、その「質」をけっして表象することはない。目の前で一枚の木の葉が風に吹かれている。眺めている私が、揺れている木の葉を、文字通り、揺れていると感じること、揺れているという気分の中に想像の中で入り込んでいくこと、これが、ベルグソンの言う「質」である。その気分を他の言葉に翻訳することは不可能である。「絶対運動」の知覚とは、ベルグソンによれば、対象の「質」を直観することによって、はじめて獲得できるものである。それは他の符号に翻訳できるような性質のものではない。「量」しか表象できない科学の符号は、「質」、それを眺める私が直観した何らかの気分を、まったく置き去りにしている。

なぜ私たちは「質」を置き去りにして、「量」の世界を信じるのか。私たちの生きる世界では、直観よりも数字が圧倒的な説得力を持つ、それはなぜか。ベルグソンは、「符号は我々の思考の最も根強い習慣に応ずるものである。我々は平生不動の中に座を占めてゐて、それを我々は実行に向ふ時の手掛りとし、それで元通りの動きを作り出せるつもりでゐる。しかしさうやつて手に入るのは事象的な運動の不器用な模造、偽造に過ぎないけれども、実生活に於てはこの模造の方が事象そのものの直観よりも遥かに役に立つのである」と、説明する。簡単に言ってしまえば、利害＝関心的態度が、対象を直観するのではなく、分析し、概念として知覚することを欲求している、ということになるだろう。その方が、実生活の上で、役に立つからである。直観と気分という絶対的な知を退け、科学と数字、分析と「量」の世界を希求しているのは、人間の欲望、実用への欲求である、ベルグソンはそう考えている。

このようなベルグソンの議論を踏まえて、小林が圧倒的な影響を受けたもう一人の人物、ランボーの、次の言葉を見てみたい。

前世紀には俺は誰だつたか。今在る俺が見えるだけだ。もはや放浪もなくなつた。当てどのない戦もなくなつた。劣等人種はすべてを覆つた、―所謂民衆を、理性を、国家を、科学を。そら、科学だ。どいつもこいつも又飛び附いた。肉体の為にも魂の為にも―臨終の聖餐、―医学もあれば哲学もある、―たかが万病の妙薬と恰好を附けた俗謡さ。それに王子様等の慰みかそれとも御法度の戯れか、やれ地理学、やれ天文学、機械学、化学……

科学。新貴族。進歩。世界は進む。何故逆戻りはいけないのだらう。

これが大衆の夢である。俺達の行く手は『聖霊』だ。俺の言葉は神託だ、嘘も偽りもない。俺には解つてゐる、たゞ、解らせようにも外道の言葉しか知らないのだ、あゝ、喋るまい。(2)

「そら、科学だ。どいつもこいつも又飛び附いた」、ランボーは科学の万能を信じる近代的知性を、侮蔑を込めて語る。「何故逆戻りはいけないのだらう」、これが、近代文明を前にしたランボーの呟きである。理性的で合理的な世界、目に見えるものだけを信じ、その万能を疑わない世界、そのような近代文明に対してランボーは背を向け、「聖霊」の世界を目指そうとしている。その世界を、おそらくランボーは直観している。しかし、「外道の言葉」しか知らない自分は、その世界を、正確にはその世界の「質」を、他者に向かって語りかけることができない。ベルグソンと同じく、ランボーもまた、科学や理性に対して、深い違和感を感じ、「質」を置き去りにして「量」だけを伝達する符号に対する深刻な絶望を表明している。ベルグソンは「哲学は符号なしにやろうと志す学である」と語ったが、ランボーは、科学的符号にとどまらず、言葉を含めたあらゆる符号によっては伝えきれない、ある感覚なり気分の世界（言語の伝達性の境界領域に開示される「質」の世界）に、美や文学の本質を見ようとしている。

さて、ハーバーマスは、このような美の形態を、「美的モデルネ」と名づけている(3)。たとえば、ある社会体制の下で過度の搾取や疎外が行われた場合、合理的で科学的な判断能力としての理性は、その不合理さを告発し、社会に対して是正を迫る力となる。しかし、厄介なことには、まさにそのことを通じて、社会体制の側は、あからさまな支配形態を放棄して、もっと攻撃しにくい、つまり合理的で科学的な支配形態を形成してしまうことである。絶対的な位置に祭り上げられてしまった合理的で科学的な理性は、人々を管理していくための道具に姿を変えていく。「美的モデルネ」は、そのような近代文明に美を対峙させ、近代文明が内包する抑圧的な性格を告発する。ボードレールに代表される象徴主義やニーチェが、その系譜に属すると、ハーバーマスは語っている。だから、合理的理性や科学主義と対峙する「美的モデルネ」は、一瞬の情熱や神秘的な体験、夢、伝統、信仰、背徳的な衝動、エクスタシーなどを、自らの内に包含している。自己同一性が破壊された世界、合理的、科学的な因果律による構造化が拒否された世界、目に見えない世界、不定形と無秩序の世界、「美的モデルネ」とは、そのような「質」を開示する。

ハーバーマスはどちらかといえば、近代文明に対する批判的視点として肯定的に語っているのだが、「美的モデルネ」は、それだけにはとどまらない、非常にやっかいな問題を抱えている。サンボリズム詩の難解な表現は、言語の意味を破綻に追い込むことによって、言葉にならない、ある気分を読み手に伝えようとする。その気分、ベルグソンふうに言えば「質」の世界とは、概念を拒否していること、表象しえないものであることによって、科学や理性、その根底に横たわる利害＝関心的態度（実生活上の欲求）とは無縁なものである。何を言っているのか曖昧な言葉は、私たちの日常生活においては、何の役にも立たない。そして、実生活と無縁であることこそが、その言語なり文体が美であることを保証するのだ。無関心的態度をもって美と見なす「美的モデルネ」は、だからこそ、科学や合理主義の万能を前提に成立する近代文明に対する批判的立場ともなる。しかし、図式的に単純化して言えば、確実に「美的モデルネ」は、もう一方で、いわゆる「近代の超克」論の呼び水となる可能性をも内包している。ここにこの問題の難しさがある。

たとえば、無関心的態度が文体上の美学にとどまらず、個人の生き方の問題にまで拡大していった場合を想定してみよう。生に対する執着を棄て、運命に翻弄されながら諦念の中で死を迎える姿を、美しいと感じるような美学が、そこに成立するかもしれない。科学と合理主義に背を向ける以上、政治イデオロギーに転化されていけば、極端な神秘主義や宗教的共同体、民族共同体を支える情緒的基盤を用意してしまうこともある。両者が縫合されれば、目に見えない超越的価値のための自己犠牲を美と見なすような価値観念が、時代精神として形成されていくかもしれない。文体上の問題、あるいは芸術家などの表現主体が世界に向かう際の世界認知のあり方という範囲を超えて、まったくレヴェルが違うはずの、個人の実存上の問題や共同体の形成原理の問題にまで拡大させていった時、美は、個人的生存の価値を相対的に低下させていくイデオロギーへと転化していく。

本書の目的は、このような問題意識の下に、戦時下の小林秀雄を考えるところにある。ランボー、ベルグソンの他、マルクス、ドストエフスキーなど、様々な西欧の思想、文学の影響を受けながら、小林の美学は確立され、変質し、再構築を繰り返す。その過程をつぶさに検討していく時、『無常といふ事』に代表される戦時下の小林美学が抱える、時代的コンテクストの中での意味が見えてくるはずである。無論、この問題は小林のテキストだけを分析してみても分かるものではない。時代状況や同時代のジャーナリズム、思想、文学との比較の中で、その位置を測定するという作業が、不可避的に前提となるだろう。それを通じてのみ、小林における「美的モデルネ」が時局の中でどのような推移を遂げたのか、同時代の中でどのような意味を持っていたかが見えてくるはずである。

批評の出発

さて、本書をはじめるにあたって、まずはその前提として、批評家としてのデビュー作、「様々なる意匠」の検討を通じて、小林の出発点を確認しておくことにしよう。

「様々なる意匠」は、昭和四（一九二九）年九月、雑誌『改造』に発表された。

この批評が小林による言語論としての側面を持つことは、すでに繰り返し語られてきている。文学が言語によって形成されているとするならば、そこで語られた言葉は、文学以外の領域で使用された言葉とどこが違うのか、批評家は文学の言葉を、非文学の言葉として消費しているのではないのか。「様々なる意匠」で小林は、このような視点に立って、文学および批評の真義を見きわめようとする。

亀井秀雄は「小林秀雄の言語観は、全体としてマルクスとエンゲルスの『ドイツ・イデオロギー』から汲み取られたものであった」(4)と指摘しているが、正確に言えば、小林は『ドイツ・イデオロギー』で提示された意識と言語の問題を、芸術領域の問題として引き受け、芸術言語の特殊性を浮かび上がらせ、独自の美学を形成していった、ということになるだろう。

「様々なる意匠」では、次のように、同時代のプロレタリア文学理論に対する批判が語られている。

彼等は芸術家に「プロレタリア社会実現の目的意識を持て」と命令する。何等かの意味で宗教を持たぬ人間がない様に、芸術家で目的意識を持たぬものはないのである。目的がなければ生活の展開を規定するものがない。然し、目的を目指して進んでも目的は生活の把握であるから、目的は生活に帰つて来る。芸術家にとつて目的意識とは、彼の創造の理論に外ならない。創造の理論とは彼の宿命の理論以外の何物でもない。そして、芸術家等が各自各様の宿命の理論に忠実である事を如何ともし難いのである。この外に若し目的意識なるものがあるとすれば、毒にも薬にもならぬものである。毒にも薬にもならぬものを、吾々は亡霊とさへ呼ぶ労はいらない。

言うまでもなく、青野季吉らによって提唱された「目的意識論」への批判であるわけだが、ここであらためて青野の「自然生長と目的意識[5]」の内容を確認しておきたい。このあまりにも有名な批評を一読してみると、青野が、単に文学を政治上のプロパガンタの手段として利用せよとのみ言っているわけではないことが分かる。

青野は、ここでまず、プロレタリア文学そのものとプロレタリア文学運動を区分する。プロレタリア階級の増大に伴い、同階級の構成員の表現欲も次第に増大し、「自然に農村から詩は生まれる。工場の汽笛の間から戯曲がつくられる」ようになる。しかし、そのままでは、「階級の闘争目的の自覚階級の芸術は、いつまでたつたつて生れて来ない」。そこでプロレタリア文学運動が必要となると、青野は主張する。プロレタリア文学運動とは、自然生長的なプロレタリア階級の不満・憤怒・憎悪を整理し、組織化しつつ、自然生長的なプロレタリア芸術に混入した、ブルジョア・イデオロギー、プチ・ブルジョア・イデオロギー、中世的なイデオロギーを排除していく、というものである。つまり、目的意識論とは社会的実践の過程において生起された情動を、無産者階級の歴史的使命を超越的中心として再編成していく、その方法を問題にしている。

また、青野季吉は「自然生長と目的意識再論[6]」では、次のようにも語っている。

私はレーニンが説いてゐるやうに、プロレタリアの自然生長には、一定の局限があると信じてゐる。プロレタリアの不満や、憎悪は、そのまゝ放置されては、充分に批評され、整理され、組織されるものではない。即ち社会主義的目的意識は、外部からのみ注入されるものであると信じる。我々のプロレタリア文学運動は、文学の分野での、その目的意識の注入運動である。

平林たい子は、青野の目的意識論をめぐって、「福本主義が行われている時代に、目的意識論が出ても当時ではふしぎではない。それに、この論文は、福本イズムの匂いがするのと一緒にまた山川さんの方向転換論の匂いもした」と回想している。[7] プロレタリア文学を「目的意識の注入運動」としてとらえようとする青野の主張が、いわゆる方向転換論争において対峙した福本和夫、山川均両方の影響を受けているると、平林は語っているわけである。

たしかに、福本和夫は「自然生長性の観念、排他的、対立的、分裂的に考へられたる部分と全体、抽象と具体、理論と実行の如き意識形態―を或る程度に於て揚棄することなくして」「この転換（筆者注、「無産者階級の『方向転換』を指す」）をとげることができない」と語っており、[8]「自然生長」という用語の使用法において、青野との一致を指摘することができる。しかし、他の箇所では「無産者階級は、資本主義社会の内在的矛盾の発展と共に、其の階級意識を意識し来る」とも論じており、結局のところ、福本の言う「弁証法的唯物論」の内部では、意識の自然生長が肯定されているのか否定されているのか、あいまいなままになっている。

一方、山川は「無産者階級の前衛たる少数者は、資本主義の精神的支配から独立する為に、先づ思想的に徹底して純化」しなくてはならず、「無産者階級の第二歩は、是等の前衛たる少数者は、徹底し純化した思想を携へて、遙か後方に残されてゐる大衆の中に、再び引き返して来ることでなければならぬ」[9] と語っている。ここでは、前衛たる少数者が未だ資本主義社会の精神的支配の下にある大衆に対して、思想の純化、つまり、階級意識の意識化を働きかけるべきことが提唱されている。山川の主張は、明らかに、プロレタリア文学運動を、大衆に対する目的意識の「外部からの注入運動」として捉えた青野の主張とつながっている。後に青野が、『文藝戦線』内部における共産党派と山川派の対立に際して、山川派に属したのも当然である。

また、さらに平林は「自分の体感からくる情感をバックボーンとして作品をかいていた労働者の多い文芸戦線派は、この論文の出現以降はたと行き詰まった」とも、回想している。[10]目的意識論が目指すものが、山川の言う思想の純化にある以上、無産者階級としての不満や怒りと資本主義下における精神的秩序が交錯する作家個人の内面は、もはや文学が描くべき対象にはならない。それが純化された姿として、言い換えれば、「自分の体感からくる情感」が階級意識として抽象化／一般化された姿としてしか、描くことは許されない。

このような目的意識論に対して、小林秀雄は、芸術家の「目的は生活の把握であるから、目的は生活に帰つてくる」と反論している。小林は、山川や青野が提示したベクトルとはちょうど、反対の方向を、文学のありかたとして示そうとするのだ。プロレタリア文学に引き付けて言うならば、資本主義の精神的支配を受けながら、それに対する怒りや不条理を実感するような、矛盾が交錯する作家固有の内面の〈不純〉な姿を描こうとするのが、文学であると主張している、ということになる。プロレタリア文学理論家が芸術家に向かって社会主義的目的意識を読者に注入せよと命じるのは、芸術家が「各自各様の宿命」を生き、それを表象することを放棄して、「毒にも薬にもならぬ」「亡霊」、不在と現前の戯れにすぎないような観念を語れと言っているに等しい、小林は目的意識論に対して、このように批判を浴びせかけている。

保田與重郎は、「文藝時評（二）―『唯物弁証法的創作方法』についての一批判[11]」で、次のように語っている。

> 創作の『唯物弁証法』とは何になるか、凡そあり得る限りの無意味だ。これは多分文学論を諸多のイデオロギー論一般に機械論的に解消したのが不可の原因ではないか。創作上では唯物弁証法は、世界を見る眼となるのではないと信じる。

この一節で重要なのは、保田が唯物弁証法一般を否定しているのではなく、「創作上では」と限定している点、つまり、両者がまったく異質なものであることを指摘しているところにある。

小林秀雄による目的意識論批判もまた、一言で言えば、芸術家という例外的な人種の特殊性を度外視して、無産者階級の「社会的実践」の変容（アナロジー）として芸術創造の営みを了解しようとした点に向けられている。「私は日本の若いプロレタリヤ文学者達が、彼等が宿命の人間学をもつて其作品を血塗らんとしてゐるといふ事をあんまり信用してゐない」というのは、その謂いである。小林の目に同時代のプロレタリア文学が、「精神表現の、或はその伝達性の困難を、故意に或は無意識に糊塗する為に姿をあらはして来る[12]」ように映ったのも当然と言えば当然である。目的意識を表象する言葉が、抽象化、一般化を志向する以上、それは作家固有の内面を他人に伝達していく困難さに直面することなど、起こりようがない。

〈宿命〉の構造

目的意識論が捨て去って顧みない「宿命」について、小林は「様々なる意匠」冒頭近くで、「彼の全身を血球と共に循る真実は唯一つあるのみだといふ事である」、「環境は人を作り人は環境を作る、斯く言はば弁証法的に統一された事実に、世の所謂の真の意味があるとすれば、血球と共に循る一真実とはその人の宿命の異名である」、あるいは、「マルクスが言つた様に、『意識とは意識された存在以外の何物でもあり得ない』のである。或る人の観念学は常にその人の全存在にかゝつてゐる。その人の宿命にかゝつてゐる」と、語っている。

『ドイツ・イデオロギー』の一節を引用し、「宿命」について説明する小林の言葉は、一見するとマルクスの援用のようにも見える。マルクスは『ドイツ・イデオロギー』で、「生産力とこれに照応する交通とのある特定の発展によって、交通のいちばん果ての諸形態にいたるまで条件づけられているような、現実的な、はたらく人間たち」が「現実的生活過程」において獲得した「意識は意識された存在以外のなにものかでありうるためしはない」(13)、と語っている。

社会が成立し、なんらかの交通が行われるようになる。「交通」という言葉は、交換、交易、コミユニケーション、戦争など様々な意味を持つが、この場合、「生産力とこれに照応する交通」なのであるから、生産関係という程の意味だろう。何らかの生産関係が形成され、階層化された社会に参加する人間たちの感性的活動が意識そのものであると、『ドイツ・イデオロギー』では、語られている。

あるいは、「様々なる意匠」冒頭近くには、「遠い昔、人間が意識と共に与へられた言葉といふ吾々の思索の唯一の武器は、依然として昔乍らの魔術を止めない」という言葉が見られる。この一節もまた、『ドイツ・イデオロギー』と内容的に交錯している。「その人心眩惑の魔術」を捨てた時、言葉は「影」に過ぎないものになると、小林はさらに語る。逆から言えば、その「人心眩惑の魔術」こそが、本来「影」であるはずの言葉を実体として錯覚させてしまう、ということになる。

そして、『ドイツ・イデオロギー』では、言葉と意識について、次のように語られている。

「精神」には物質が「憑きもの」だという呪いがそもそもはじめから負わされている。そして物質はここでは動く空気の層、音、約言すれば言語の形式において現われる。言語は意識と同じほど古い。―言語は実践的であり、他の人間たちにたいしても現存するところの、したがって私自身にとってもそれでこそはじめて現存するところの、現実的な意識であり、そして言語は意識と同じく他の人間たちとの交通の必要、必須ということから成立する。(14)

意識と言語の相関関係、分かりやすく言えば、一方は言語、もう一方は意識と、字面は異なるものの、実体は同じであると、マルクスも小林も語る。小林はそれを言葉の「魔術性」と呼び、マルクスは言葉は意識の「憑きもの」であると表現するのだが、さらに小林は論を一歩前に進めて、自分の言葉を自分自身の内面と等号で結ぶような考え方そのものが錯誤であると、語り始めている。

神が人間に自然を与へるに際し、これを命名しつゝ、人間に明かしたといふ事は、恐らく神の叡智であつたらう。（中略）然し人々は、各自の内面論理を捨てて、言葉本来のすばらしい社会的実践性の海に投身して了つた。人々はこの報酬として生き生きした社会関係を獲得したが、又、罰として、言葉はさまざまなる意匠として、彼等の法則として、彼等の魔術をもつて人々を支配するに至つたのである。

言葉がもし、交通（ここではコミュニケーションの意味）に基礎を持つものであるとするなら、意識もまた、交通可能なものとなってしまう。私たちが意識する対象が、すでに言語によって分節化されている、つまり言語の外部が存在しないとすれば、言葉の共有はそのまま、意識の共有に直結してしまうことになる。小林はマルクスの言語認識に同意しつつも、だからこそ、言葉の獲得は「各自の内面論理」の喪失以外のなにものでもないと、語るのである。

ジャック・デリダは「声と声の文字言語の歴史は」「語る主体一般の現前と、超越的話者の現前と、また自分が語るのを聞いている生命の〈自己への現前〉としての声と、本質的に関係している」[15]と指摘している。主観的には、主体性を持つがゆえに言語を自由に操ると信じる私たちは、実は言語こそが主体性をもたらしてることを忘却している。しかも、そこでもたらされたものは、「主体性一般」であり、〈この私〉ではない。小林の言う「言葉の魔術性」とは、「各自の内面論理」の喪失を主観的にはその獲得として感得してしまうような、言葉が私たちに強いる認識論的転倒でもある。

同様のことは「アシルと亀の子」Ⅰ[16]でも、語られている。ここで小林は大宅壮一の『文学的戦術論』[17]に対する批判を展開しているのだが、大宅はこの書物で「近代文化の最も重要なる特色の一つ」として、すべての人間労働が漸次組織化し集団化しつゝある」ことを指摘した上で、次のように芸術創造の新しいあり方を提唱している。

最も近代的芸術形式ともいふべき映画に於いては、人間の智的労働のこの分野が、既に完全に組織化され、集団化されてゐるのであつて、その生産様式に於いて、パラマウント映画会社のそれと、フオード自動車会社のそれとの何等本質的差異を発見することは出来ないのである。（中略）しかし私が今こゝに特に強調したいことは、映画や演劇よりも数段個人主義的であると一般に考へられてゐる芸術様式たる文学の範囲内にも、この傾向が現に侵入しつゝあるし、また意識的にこの傾向を採用すべきであるといふことである。

大宅は、「唯物論的超個人主義」に基づく芸術創作、すなわち、芸術家集団を組織化し共同製作による芸術創作を可能にするシステムの構築を提言する。

それに対して、小林は、「あなたが他人の手を借りずに論文を制作するに際して、あなたの大脳皮質に棲息する諸観念が協力するといふ事」に自覚的にならなくてはならないと、反論する。私にとっても他者にとっても了解可能なものでなければならない言葉は、必然的に、「内面論理」、ここで言う「人間の全情熱」を置き去りにし、それを抽象化してしまう。個人的活動として芸術創作に従事したとしても、結局は「大脳皮質に棲息する諸観念」という共同主観に頼るほかなく、集団制作となんら変わりはない、小林はそう語っている。

さて、ここで私は共同主観という言葉を使ったが、小林はそれを「意識」と呼んでいる。この「意識」について、「アシルと亀の子」(18)Ⅱでは、次のように語っている。

人間の意識を規定するものは全自然である。だが変化する全自然に対して人の意識が種々な形を呈するのは正に社会の事情に依る以上、人間の意識を決定する最後のものとして社会を取らねばならないであらう。この原則は正しい、然し次の原則も作者の信ずべき原則として正しい、——

作品を規定するものは社会である。だが、変化する社会に対して作品が様々な形を呈するのには正に作家の制作過程に依る以上、作品を決定する最後のものとして作家の制作過程を取らねばならぬだろう。

あるいは、「芥川龍之介の美神と宿命[19]」では、「人間にとつて行動が偶然に満ちてゐる様に思索も又偶然に満ちてゐるものだ。吾々は思索した影像を整理する事は出来るが、意識の水平線に星の如く現れる影像そのものを如何ともする事は出来ない」、「一作家の宿命とはこの精神の宿命なのである」と、語っている。「作品を決定する最後のもの」とは、「宿命」としか言いようがない、偶然が支配するような、ということは一回的な人間の生そのものであり、それがもたらす単独性を帯びた表象のあり方なのだと、小林は言う。自然や社会は人間の意識を規定するが、それだけで文学作品なるものの様相は決定されるものではない。もしそれを認めてしまえば、あらゆる文学作品は作者の「内面論理」、その単独性を喪失してしまう。意識された存在として世界が構成されるとは、世界が各人によって任意に把握されるという意味ではなく、その逆に万人に妥当するような客観世界として意識が構成されることを意味している。

ニーチェは「私たちが意識するすべてのものは、徹頭徹尾、まず調整され、単純化され、図式化され、解釈されている」と語り、さらに、意識された世界とは、自己同一性と持続が保証されているような「存在」の世界であると論じている。ニーチェに言わせれば、「存在」の世界とは、意識によって抽象化／一般化された「仮象」である。それは、持続的にその相貌を変化させ続ける「複合体」、「生成」という世界の実相を隠蔽化する。[20] これに引き付けて言えば、小林の言う宿命とは、意識によって抽象化される以前の、作家固有の生が体現する、「生成」過程そのものということになる。また、小林は芸術家がその表現を目指す宿命を、「意識の水平線に星の如く現れる影像」と呼んでいる。意識された世界の「水平線」、意識しえない世界との境界線に立ち現れる薄明の中で、宿命は「影像」としてかすかにその姿を現す。小林に言わせれば、芸術家は、他者と共有された意識（言語）に亀裂を入れ、その意識しえない世界に、ある表象を与え、芸術として昇華しなければならない。そのような芸術創造のプロセスを作家の側に立って眺めれば、その表象が意味するものは、社会的交通の姿ではありえない。もはや言うまでもないであろうが、このような議論は、冒頭で紹介したベルグソンのそれと確実に交錯している。「宿命」「人間の全情熱」「内面論理」、これらの言葉で小林が語る、表象しえない何か、あるいは〈気分〉とは、ベルグソンの言う符号化しえない「質」や「絶対知」と、ほぼ重なっていると見てよいだろう。両者の違いを述べれば、ベルグソンがそこに真理を見ようとしているに対して、小林は美を見ようとしている、ということになる。

言葉と商品

「様々なる意匠」では、これまで見てきたような、小林の言語観が基盤となって、批評が展開されているわけだが、その言語観自体が、実は『資本論』や『経済学批判』などのマルクス後期著作にヒントを得ている。「アシルと亀の子」Ⅱで、小林は、「単なる商品が意味をもたぬ様に単なる言葉は意味を持たぬ。人がこれらに交渉する処に意味を生ずる。商品が人間の交渉によつて帯びる魔術性は、言葉が人間の交渉によつて帯びる魔術性に比べたら凡そ比較を絶するほど単純であらう」と語っている。『経済学批判』『資本論』などで展開された、マルクスの商品分析を踏まえて、そのアナロジーとして言語を理解しようとしているのだ。

小林の言語認識とマルクスの商品分析との接点を考えていくに当たって、まずは、「様々なる意匠」に記された次の言葉を確認しておきたい。

子供にとつて言葉は概念を指すのでもなく対象を指すのでもない。言葉がこの中間を彷徨する事は、子供がこの世に成長する為の必須な条件である。そして人間は生涯を通じて半分は子供である。では子供を大人とするあとの半分は何か？　人はこれを論理と称するのである。つまり言葉の実践的公共性に、論理の公共性を附加する事によつて子供は大人となる。この言葉の二重の公共性を拒絶する事が詩人の実践の前提となるのである。

そしてさらに、小林は、「フロオベエルはモオパッサンに『世に一つとして同じ樹はない石はない』と教へた」「然しこの言葉はもう一つの真理を語つてゐる。それは、『世に一つとして同じ樹はない石はない』といふ言葉もないといふ事実である」と語る。

ここでは言葉の意味が、指示対象と概念にまず分割される。そして、子供が大人に成長することとは、子供が使用する言葉が「実践的公共性」を獲得していくこと、つまり、他者にとって了解可能なものとして言葉を使用するようになる、概念として利用するようになる過程であると、小林は説明する。概念としての言葉が、公共性を帯びた論理によって、組み合わされていく時、大人は完成する。小林に言わせれば、詩人の言葉とは、概念としての言葉でも、公共性を有する論理でもない。「各自の陰翳を有する各自の外貌をもつて無限である」ような言葉こそが、文学の言葉でなければならない。

従来、このような小林の言語観はソシュールの思想と類似していると、繰り返し語られてきたが、二人の違いは、小林の試みが、一般的な発話者とは同列に論じることができない芸術家による発話行為の解析に、焦点を定めているところにある。よく知られているように、ソシュールは、「言語は同胞達と意志疎通するためにできているのだ。けっきょくは、社会生活によってこそ、言語はその目的を受けとめるのである。だからあくまでも、言語の中には対応している一つの重層的側面がある。社会的／個人的なのである」と語り、言語を、個人的な発言（パロール）と社会的約定としての言語（ラング）に区分した。そして、ソシュールにおいても、個人的な発言の内に「社会的約定によって確約されているものの実現という一つの理念がある」と認識されている[21]。これを踏まえて言えば、小林の問題意識の力点は、では、もし個人的な発言もまた社会的な約定に従うしかないならば、あるいは、概念としか、意味性を持ちえないのであるならば、文学の言語もまた、作家が生きる宿命を抹消していくほかないのか、という点におかれている。ミッシェル・フーコは、言語による世界の分節化が「直交する二本の軸、すなわち個体から一般へ向かう軸と実体から品質へ向かう軸、に沿っておこなわれる」と語った上で、後者には「或る種のずれの生じる可能性が残されており、このことが言説に自由をあたえるとともに、諸言説のあいだの相違をもたらす」と論じている[22]。小林の言う「作家の制作過程」とは、一般から個体へと向かう精神の運動であり、「各自の陰翳を有する各自の外貌をもつて無限である」言葉とは、作家の単独性、フーコの言う「品質」を表象する言葉であることになるだろう。

そこで、言葉と商品の相関関係について語られた、「様々なる意匠」の次の言葉を見てみたい。

人の世に水が存在した瞬間に、人は恐らく水といふものを了解したであらう。然し水を H_2O をもつて表現した事は新しい事である。芸術家は常に新しい形を創造しなければならない。だが、彼に重要なのは新しい形ではなく、新しい形を創る過程であるが、この過程は各人の秘密の闇黒である。然し、私は少なくとも、この闇黒を命とする者にとつて、世を貨幣の如く、商品の如く横行する、例へば、「写実主義」とか「象徴主義」とかいふ言葉が凡そ一般と逕庭ある意味を持つといふ事は示し得るだらう。

諸君（筆者注「マルクス主義文藝批評家」を指す）の脳中に於いてマルクス観念学なるものは、理論に貫かれた実践でもなく、実践に貫かれた理論でもなくなつてゐるではないか。正に商品の一形態となつて商品の魔術をふるつてゐるではないか。商品は世を支配するとマルクス主義は語る、だが、このマルクス主義が一意匠として人間の脳中を横行する時、それは立派な商品である。そして、この変貌は、人に商品は世を支配するといふ平凡な事実を忘れさせる力をもつものである。

柄谷行人は「明らかに、小林秀雄は、マルクスの言う商品が、物でも観念でもなく、いわば言葉であること、しかもそれらの『魔力』をとってしまえば、物や観念すなわち『影』しかみあたらないことを語っている」[23]と、指摘している。小林にとって、同時代のマルクス主義批評自体が、「商品の一形態となつて商品の魔術をふるつてゐる」「一意匠として人間の脳中を横行」しているに過ぎない。

「マルクス観念学」という一見、矛盾した語法には、日々の社会的実践の中で何らかの想念なり実感なりを表象していく過程で、つかみ取られた概念が、いつの間にか商品化されていく、という意味が込められている。つまり、現実それ自体との間にへだたりが生じ、一回的で個別的な物それ自体の世界を置き去りにしていく、という観念性を、小林は同時代のプロレタリア文学運動に見ているわけである。

マルクスは、商品について、次のように語っている。

個々の商品は、使用価値という視点のもとでは、ほんらい独立した物としてあらわれたが、これに反して交換価値としては、はじめから他のすべての商品との関連において考察された。だがこの関連は単に理論上のもの、考えられたものにすぎなかった。それが実証されるのはただ交換過程のうちにおいてだけである。(24)

マルクスは、『経済学批判』では商品を分析していくにあたって、まず、商品と価値の関係を、使用価値と交換価値に分類する。商品（モノ）それ自体との関係の中で浮上する価値と、他の商品との関係性の中で浮上する価値に分類するわけである。マルクスの商品分析では、単なる使用価値としては、個々の商品はおたがいにとって、どうでもよい存在であり、むしろ、無関係でさえある。たとえば、自動車の使用価値とパソコンの使用価値の大小を、統一的な座標軸の下で、表象することなどできない。商品が交換されうるのは、ただ等価物としてだけであり、しかも、商品が等価物であるのは、ただ対象化された労働時間のひとしい量としてだけである。この時点で、商品の使用価値としての自然な属性についてのいっさいの顧慮、したがってまた特定の欲望に対するいっさいの顧慮は、まったく消えさってしまっている。『経済学批判』では、商品の使用価値が捨象されて、交換価値として、つまり文字通り「商品」として流通機構に参加していくことを指して、「salto mortale」《命がけの飛躍》と、名づけられている。

亀井秀雄が前掲書で論じているように、言葉の意味を、指示対象と、交通過程で現れる概念に分割する小林の言語論が、商品の価値を使用価値と交換価値に分割するマルクスの商品分析と、まったく交錯していることが、ここに見える。商品と同じく、言葉もまた、「命がけの飛躍」の結果、交通の網の目に絡め取られた時、それ固有の意味を置き去りにして、交換可能なもの、すなわち概念としてその姿を変えざるをえない。

それにしても、細谷博が指摘しているように[25]、このような小林の言語観を敷衍していけば、宿命が刻印されたような文学の言葉もまた、出版され読者によって消費される以上、交通の網の目に絡め取られざるをえない。ということは、「宿命」や「全情熱」を置き去りにして、商品と化していかざるをえないはずである。

吾々の心の裡のものであらうが、心の外のものであらうが、あらゆる現象を、現実として具体として受け入れる謙譲は、最上芸術家の実践の前提ではあらうが、実践ではない。彼の困難は、この上に如何なる夢を築かんとするかに存する。

ここで語られた「夢」という言葉は、「中天にかゝつた満月は五寸に見える。理論はこの外観の虚偽を明かすが、五寸に見えるといふ現象自身は何等錯誤も含んではゐない。人は目覚めて夢の愚を笑ふ、だが、夢は夢独特の影像をもつて真実だ」という一節にも登場する。「論理の公共性」から見れば、愚かなものにも見えるが、芸術家自身にとっては圧倒的な現実感と真理性をもって感得されるもの、そのような意味を込めて、「夢」という言葉は用いられている。小林にとって、芸術家の困難は、「夢」を表象していく営み自体の中にある。芸術家の言葉もまた、一旦、交換の場に載せられてしまえば、他者とはけっして共有できないような、固有の生を置き去りにしてしまう。交換されることによって、本来、宿命の表象である言葉もまた、不可避的に「実践的公共性」を帯び始める。しかし、そのような言葉の無力さを承知の上で、芸術家は、なお一層、商品性を解体していくような文学の言葉を求めないではいられない。「言葉の魔術を行はんとする詩人は、先ず言葉の魔術の構造を自覚することから始める」と、小林は語る。単独性を抹殺していく言語の商品性に自覚的になり、表象しえないものを表象しようとする困難さの内にのみ、小林は文学が存立する基盤を見ようとしているのである。

ここまで、「様々なる意匠」を中心に、小林の批評の出発点を確認してきた。「様々なる意匠」に続く「アシルと亀の子」や「マルクスの悟達」などの初期批評は、このような彼の言語観・美学を、マルクスやレーニンの弁証法的唯物論、ベルグソンの思想との対話の中で、さらに深化させていくプロセスでもある。まずは第一章、第二章において、その過程を跡づけていきたい。

【注】

(1) 河野与一訳『思想と動くもの』I　岩波文庫
(2) 小林秀雄訳『地獄の季節』白水社　昭和五（一九三〇）・一〇
(3) 三島憲一他訳『近代の哲学的ディスクルス』I　岩波書店　平成二（一九九〇）・一、なお小林の歴史意識を、「美的モデルネ」を視座として考察した論考として、吉田和久「自己意識と歴史意識の底層―小林秀雄の場合」（『比較文学研究』平成四〈一九九二〉・一二）がある。
(4)『小林秀雄論』塙書房　昭和四七（一九七二）・一一
(5)『文藝戦線』昭和二（一九二七）・一
(6)『文藝戦線』昭和二（一九二七）・一二
(7)「青野季吉論」『平林たい子全集』一〇巻
(8)『社会の構成＝並に変革の過程』白揚社　大正一五（一九二六）・二
(9)「無産者階級運動の方向転換」『前衛』大正一一（一九二二）・七、八

(10)(7)と同じ
(11)『コギト』昭和八（一九三三）・四
(12)「アシルと亀の子」Ⅰ『文藝春秋』昭和五（一九三〇）・四
(13)真下信一訳『ドイツ・イデオロギー』大月書店　昭和四〇（一九六五）・二
(14)(13)と同じ
(15)足立和浩訳『根源の彼方に―グラマトロジーについて』下　現代思潮社　昭和四七（一九七二）・一
(16)『文藝春秋』昭和五（一九三〇）・四
(17)中央公論社　昭和五（一九三〇）・二
(18)『文藝春秋』昭和五（一九三〇）・五
(19)『大調和』昭和二（一九二七）・九
(20)原佑訳『権力への意志』下　筑摩書房　平成五（一九九三）・一二
(21)山内貴美夫訳『言語学序説』勁草書房　昭和四六（一九七一）・四
(22)渡辺一民他訳『言葉と物』新潮社　昭和四九（一九七四）・六
(23)「文庫版へのあとがき」『マルクスその可能性の中心』講談社文庫
(24)武田隆夫他訳『経済学批判』岩波文庫
(25)「小林秀雄における言葉の問題」『日本文学研究資料叢書　小林秀雄』有精堂　昭和五二（一九七七）・六

第一章　唯物論と純粋持続

形式主義論争

「アシルと亀の子」Ｉは、「様々なる意匠」が『改造』懸賞論文第二席に入選してから七ヶ月後にあたる、昭和五（一九三〇）年四月、『文藝春秋』に発表されている。「アシル」とは、ホメロスの「イーリアス」に登場する英雄、アキレスのフランス語読みであり、「亀の子」は、古代ギリシャの哲学者、ゼノンの、アキレスも先に出発した亀には追いつかないという逆説に由来している。「アシル」は理論を、「亀の子」は現実を寓意しており、文学に関するいかなる理論も文学そのものには追いつかないという意味を込めて、小林はこの題名を用いている。

さて、冒頭近くで、小林は次のように述べている。

　批評家諸君の間では、符牒は精神表現の、或はその伝達性の困難を、故意に或は無意識に糊塗する為に姿をあらはして来るのだから話が大変違つてくる。この困難を糊塗するといふ事は、別言すれば、自分で自分の精神機構の豊富性を見くびつて了ふことに他ならない以上、見くびられたこの精神機構の豊富性の恨みを買ふのは必定であつて、符牒は勝手に反逆し、自分の発明した符牒が人をまどわすと同程度に当人を誑かす。

「様々なる意匠」[1]で語られた「内面の論理」「宿命」「生活」「情熱」が、「アシルと亀の子」Ⅰでは、「精神機構の豊富性」と言い換えられている。さらに、それを置き去りにする形でしか成立しえないような、つまり、その豊穣性の「糊塗」を前提としてのみ成立する「意匠」としての言葉が、ここでは「符牒」と言い換えられている。「様々なる意匠」で展開された言語観の延長上に、「アシルと亀の子」は成立していると見て、まず間違いないだろう。

「アシルと亀の子」Ⅰでは、中河與一『形式主義芸術論』[2]、大宅壮一『文学的戦術論』[3]が取り上げられ、それらに対する批判を起点として、批評が展開されている。形式としての芸術を唱え、内容（社会主義イデオロギー）主導の芸術を否定した中河、社会主義擁護の論陣を張る大宅、両者の芸術論を取り上げ、双方を批判的に解析していくところに、この批評の中心的なモティーフがある。

小林の大宅批判については、すでに述べたので、ここでは『形式主義芸術論』の何をどう批判したのかに注目しつつ、初期小林の批評原理を考えていくつもりだが、まずは中河が同書を通じて参戦していくことになった形式主義論争の経緯から、話をはじめることにする。

形式主義論争は、プロレタリア文学運動の論客、平林初之助、蔵原惟人の主張に対する、横光利一や中河與一の反論という形で起こった。平林や蔵原の主張の核心に文学の政治への従属を見て取った横光と中河が、芸術の自律性を主張し始めたわけである。

中河は、プレハーノフの「存在が意識を決定する」という命題を援用しつつ、ならば芸術においても「形式が内容を導き決定する」はずであり、この点において、プロレタリア文学批評は矛盾していると、批判する。ちなみに、ここで中河の言う「形式」とは、芸術の様式・スタイルを意味しているのではない。「形をもつたもの」としての、ある素材が具体化され、何らかの形態と構成をもって、眼に見える形で具現化された、現象としての芸術存在そのものを意味している。

中河は『形式主義芸術論』において、蔵原惟人を批判して、「内容は絶対に形式の前には存在し得ないのである。／若し存在し得ないならば何故に影響しあふことが出来るか。／私は『内容と形式とが相互に発生しあふ』といふ陳腐な説に対しては絶対に反対である」と述べている。中河が批判しているのは、『東京朝日新聞』昭和三（一九二八）年一一月二八日に掲載された蔵原惟人の「形式について」という批評文である。ここで蔵原は「内容と形式とは、ヘーゲルの表現をかりていへば『相互に発生し合ふ』のである」と述べている。しかし、細かく読んで行くと、蔵原の主張の中心は、芸術表現上の技法と表現内容は相互に影響を与えながら発生していくという点にあるのではなく、形式も内容も「存在」によって決定されるというところに、論旨の根幹があることが分かる。

果して芸術の形式が「客観」であり、その内容が「主観」であるのであらうか、いい換へれば、芸術の形式が「物質」であつて、その内容が「精神」であるのであらうか？　我々の理解する所では、芸術そのもの、全体が、即ちその内容も形式も、共に物質的なるもの──社会の物質的生活の反映であつて、物質そのものではない。(4)

この蔵原の言葉から分かることは、二人の論争がそもそも「存在」という概念定義の不一致を抱えており、中河による、故意かどうかは分からないが（おそらく故意だろう）、概念内容のすり替えが、論争を不毛なものにしていることである。中河の場合、「存在」とは「形式」を意味しており、外在化された芸術表現それ自体を指している。それに対して、蔵原の場合、「存在」とは「社会の物質的生活」を意味している。芸術の内容も形式も「社会の物質的生活の反映であつて、物質そのものではない」、つまり、蔵原にとって、「物質」とは、たとえば、資本主義といったような、社会の生産関係以外の何ものでもなく、芸術の内容も形式もその反映、イデオロギーにすぎない。

その蔵原を指して中河は、プレハーノフの命題をねじ曲げていると糾弾している。蔵原自身が訳出したプレハーノフの『階級社会の芸術』(5)は、「原始民族の生活の研究は、『人間の意識はその存在によつて決定される』と云ふ唯物史観の基本的命題を何よりもよく裏書きしてゐる」の一句から始まっている。この命題については、同書の中で、「人間の生産的行動が如何にその芸術に影響するかと云ふこと」、「存在と意識との、即ち『労働』の上に発生する社会関係と芸術との間の因果関係」と説明されている。今日から見れば、蔵原はプレハーノフに対して愚直なほど忠実である。蔵原もまた、生産上のある社会関係に位置するような人間のあり方を指して、「存在」と呼んでいる。

その蔵原に対して、芸術の形式が内容を決定するというプレハーノフの主張を、蔵原は無視していると批判したところで、議論が嚙み合わないのは当然である。そもそもプレハーノフは、中河が言うようなことは、述べてはいない。どれだけ好意的に解釈しても、中河の蔵原批判は、きわめて意図的、かつ戦略的な〈難癖〉である。そうでなければ、単なる読み間違いにすぎない。

純粋持続という存在様式

小林が「アシルと亀の子」Ⅰで、中河の『形式主義芸術論』に対して、きわめて厳しい評価を下すのも、これまで見てきたような論争の中味を考えれば、当然と言えば当然である。

小林はここで、「認識論と技巧論とを一丸にしようとする自意識の冒険」について、「昨年来の形式内容の片々たる喧嘩記録が羅列され、これを修正し統一する努力すら示されてゐない」と、酷評している。形式＝技巧が内容＝認識を決定するという中河の単純な図式に対して、形式と内容の関係そのものについてその構造を見極め、統一的に把握する努力が払われていないと、小林は批判するのだ。

ちょっと、意外だが、この文面を見る限り、小林は蔵原に軍配を上げている。蔵原が採るマルクス主義文学論そのものは、ひとまず置くとして、その「認識論と技巧論とを一丸にしようとする」姿勢、つまり、芸術の内容と形式を分けて考えずに、一体化したものとして捉えようとする姿勢については、蔵原を評価している。それに引き換え、中河の主張は、「これを修正し統一する努力すら示されてゐない」。つまり、内容と形式、主観と客観を、分割するような認識の布置の上に、議論が組み立てられており、この点において思想的後退であると、小林は言うのだ。

「様々なる意匠」執筆時点において、小林はすでに、マルクスを丹念に読み込んでいる。「人間的思惟に対象的真理がとどくかどうかの問題は—なんら観想の問題などではなくて、一つの実践的な問題である」(真下信一訳「フォイエルバッハに関するテーゼ」)というマルクスの認識論に対して、小林は、「人々は、その各自の内面論理を捨てて、言葉本来のすばらしい社会的実践性の海へ投身して了った」と批判していた。この点は先ほど述べた通りである。小林に言わせれば、マルクスの言う「実践」は、言語への盲信をその裏側に抱え込んでいる。社会生活の中でつかみ取られた現実認識が、実はあらかじめ与えられた言葉によって分節された世界像でしかないことを、忘れてしまっている。小林にとって、大切なものは、言葉の外部、言葉になりえないもの、抽象化の過程で置き去りにしていった「内面論理」である。

このような小林から見れば、「認識論」と「技巧論」の統一の問題は最終的に、いかにして内面の喪失をもたらす言語によって、「内面論理」そのものに肉迫するかという問題に収斂されることになる。私たちが心の中に描く像や、感覚器官を通じて身体に伝えられる感覚そのものは、けっして言葉にならない。しかし、文学はその言葉にならないものを言葉にしなければならない。小林が抱えるアポリアは、ここに存在する。その小林からすれば、中河の主張は単に「形式」が意味を決定すると、唱えているに過ぎない。形式によって決定される内容そのものが、言語外の現実を置き去りにしていく困難さを素通りしたところで、中河は芸術の形式性を無邪気に主張している。小林が抱える問題の入り口にすら到達していないことになる。「『存在が意識を決定する』と、是は当り前のことである」と小林がここで言わなければならなかったのは、マルクス主義批評が提示した、「存在」と「技巧」の問題についての意義を正当に理解し、評価した上で、さらにその限界性を指摘しつつ、先に進もうとする、小林の姿勢の現れである。

さらに小林は、中河が書中で引用している、石原純の言葉を引用しつつ、次のように語る。

> 意識が力の場として代表せられ、しかもこの力が時間と空間とから成立する四次元連続体の計量的性質によつて完全に言ひあらはされる以上は、意識は、時間、空間の或る特定な状態に於いてのみに依存させなけりやならない。この場合、「存在は意識を決定する」と、是は当り前なことである。ただ人間の意識を正確に力の場として代表する事が既に神秘的に見えるほど困難だといふに過ぎない。だが、意識が存在のほんのかけらに過ぎぬと考へる以上、意識が四次元連続体

の計量的性質を持つてゐるに違ひないと考へざるを得まい。

きわめて難解な文章であるが、一語一語を丁寧に解釈してみたい。

ここで小林は、プレハノフの「存在は意識を決定する」という命題を、当然のこととして受け入れている。ただし、その存在によって決定される意識の構造そのものに、小林の並々ならぬ関心が向けられている点に、注意すべきである。小林は「意識」を、「力」、「時間と空間から成立する四次元連続体の計量的性質」を表象したものと言い換える。プロレタリア文学運動が言うような、帰属する社会階級が意識を決定するという意味とは、まったく異なるニュアンスで語られているのが分かる。そして、さらに、存在と意識の関係を、「意識」は「存在」の「ほんのかけらに過ぎぬ」、つまり、「存在」そのものの内実や性格、その質を置き去りにしたまま、「計量的性格」のみを表象したものが「意識」であると、言うのだ。逆から言えば、小林の言う「存在」とは、本来、「計量的性格」によっては表象しえないもの、意識化を拒むものである、ということになる。

このような議論の分かりにくさは、煎じ詰めて言えば、「存在は意識を決定する」という命題を肯定する小林が、「存在」という言葉の内に、どのような意味を託しているのか、という問題に帰着する。この点を考えていくにあたって手がかりになるのは、小林におけるベルグソン受容の問題である。石原純の用語を利用しつつも、明らかに小林は、「様々なる意匠」と同じく、ランボーやヴァレリー、ボードレールなどの象徴派詩人や、その思想的表現であるベルグソンの表現原理を下敷きにして、「存在は内容を決定する」という命題を、捉え直そうとしている。

小林のベルグソンに対する並々ならぬ関心を示すものとしては、昭和三三（一九五八）年五月から三八年六月まで、雑誌『新潮』に連載されたベルグソン論、『感想』がとくに有名だろう。小林秀雄とベルグソンとの出会いは大学時代にまで遡る。以来、終生に渡って関心を持ち続けたことは、よく知られた話である。

もっとも早い時期の言及としては、「アシルと亀の子」Ｉが発表されたのと同じ昭和五（一九三〇）年四月、『近代生活』に発表された「笑に就いて」がある。ここで小林は、「時間も、空間も心も物も一切ひつくるめて自然といふ一つの持続体として、この世を理解したベルグソンには、滑稽といふ意識は、自然といふ生き生きとした持続体中で、弛緩した、機械化した、物質的な、停止的な一段階とみえた」と、いわゆる「純粋持続」という考え方から笑いを説明しようとしている。

そのベルグソンは、たとえば『時間と自由』において、次のように語っている。

変更を受けてゐない意識が認めるまゝのこの根底的自我を再び見出すためには、内的な生きた心理的事実を、先づ、屈折してそれから等質的空間のうちに固化されたその形象から隔離する分析の力強い努力が必要である。言葉を換へて云へば、我々の知覚や感覚や感情や観念は二重の相の下にあらはれる。一つは明瞭適確だが非人格的な相でもあり、もう一つは漠然とし無限に動いて言表の出来ない相であつて、これが言ひ表はせないといふのは、言語は、その運動性を固定しないではこの相をとらへ得ないし、共通領域に落し入れないでそれを自分の平凡な形式に適確させることも出来ないからである。(6)

ベルグソンは「自我」を二つの層に分ける。一つは、言葉によって組織化された意識である。ベルグソンに言わせれば、それは「内的な生きた心理的事実を、先づ、屈折してそれから等質的空間のうちに固化」したもの、「表面的自我」であり、生きられた心的現実そのものとは言えない。もう一つの層は、そのような意識の底に横たわるような、非論理と非思惟に彩られた、生成変化を繰り返す、流動的な感覚の世界、「根底的な自我」である。いうまでもなく、ベルグソンにとっては、後者こそが〈ほんものの私〉を意味している。「表面的自我」とは「表象の記号的性格」によって組織化され統一された存在であるが、ベルグソンはこのような自我のあり方を、フィクションとして退けている。

ここで有名な「純粋持続」の概念が登場する。世界も内面も一瞬たりとも不変的であったことはなく、絶えず生成変化をくりかえしている。とするならば、そのような世界や内面を、言葉によって表象するのは不可能である、という論理的帰結に達する。なぜなら、言葉には言語外対象を固定して表象する以外に方法がないからだ。「根底的な自我」とは、表象される以前の非言語領域に属する精神の「純粋持続」そのものを意味している。

ベルグソンは、「内的自我、感じたり情熱に燃える自我、思案したり決心する自我は、一つの力であつて、」「その諸状態や諸様相は密接に滲透し合」うと説明し、さらに「真の持続の外延的記号である等質時間の底に、異質的諸瞬間の互に相滲透する持続を、意識状態の数的多様性の底に性質的多様性を、諸状態のはつきり規定されてゐる自我の底に、継続が融合と組織とを含む自我を、注意深い心理学は見分ける」と、説明している。言葉によって、記号によって、論理的、合理的に説明された心理とは、そうであるがゆえに、すでに「内的な生きた心理的現実」から乖離している。言葉のレベルにおいては対立関係にあるような諸感覚が、内面世界では、時には融合し、分離し、生成と変化と消滅を繰り返す。

このようなベルグソンの思想を踏まえれば、小林が形式主義論争に言及して、「存在は意識を決定する」という命題を当然のことと受け入れつつも、「意識が存在のほんのかけらに過ぎぬと考へる以上、意識が四次元連続体の計量的性質を持つてゐるに違ひないと考えざるを得まい」と、付け加えた理由も、はっきりしてくる。小林にとって「意識」とは「存在のほんのかけら」にすぎない、すなわち、プロレタリア文学批評が言う社会的実践主体が、小林が言うところの「意識」を意味しており、そのような表象体系の基底に横たわる、広大無辺な非言語領域の総体を指して、小林は「存在」と呼んでいるのだ。数字も言語も「純粋持続」を本質とするような「内面論理」を固定化し、不変的なものとして表象してしまう。そうである以上、「意識」は、ついに、内面と世界の質を問うことなく、「計量的性格」のみを表象することになる。蔵原、そして、プレハーノフの命題を、小林は、「存在」概念を非言語領域まで拡大した上で肯定しているわけである。とするならば、ここでの小林の批判対象は最終的には中河の議論ではなく、プロレタリア文学理論そのものと見なければならないだろう。より詳しく言えば、「存在は意識を決定する」というプロレタリア文学理論のテーゼを肯定しつつも、ここで語られた「存在」の中身に、議論の焦点を絞っていくことで、小林は、「存在」についてのプロレタリア文学理論の不徹底さを照射しようとしている。小林から見れば、マルクス主義芸術理論は「存在」をめぐる認識の浅さを欠点として抱えているがゆえに、社会的実践と芸術創造を安直に結びつけている、ということになる。「純粋持続」としての「内面世界」(=「存在」)から見れば、あらゆる社会的実践と結びつくような行動原理、イデオロギーそのものが表層的なものにすぎない。言い換えれば、芸術創造の源である「存在」とは、いかなる意味づけも解釈を拒むような何ものかである。「我々に取つて重要なのは、現実をわれわれの主観によつて、歪めまた粉飾することではなくして、我々の主観―プロレタリアートの階級的主観―に相応するものを現実の中に発見することにある」(7)と主張するプロレタリア文学陣営に向かって、小林は、その「プロレタリア階級の主観」こそが、言語への盲信の上に成立した虚妄ではないかと、批判しているのである。

絶対言語の思想

これまでも、しばしば語られてきたことだが、小林の初期評論は、言葉に対する徹底した不信感によって、貫かれている。言葉は「存在」を置き去りにし、「内面論理」を隠蔽する、したがって、言葉とその集積であるイデオロギーは、それを真実であると思いこまされているに過ぎない虚構体系である。これが小林の一貫した主張である。

しかし、この主張は避けようもなく、ある論理的矛盾を引き起こす。そもそも文学もまた言語によって成立している以上、小林の主張は文学そのものの存立基盤を危うくしてしまう。

当然、小林はこの問題について、きわめて自覚的だった。彼はプロレタリア文学理論の言葉、日常の言葉、ジャーナリズムの言葉を一括りにして、認識論的転倒をもたらすものとして否定する、そのもう一方で、文学の言葉、芸術言語を、言語が虚構体系にすぎないことを自覚する芸術家によって発話されたメタ・レベルの言葉として位置づける。その結果、文学は小林の批判が当たらない唯一の例外として、つまり、「内面論理」を語りうる言葉として、超越的な位置を占めることになる。それが、「アシルと亀の子」Ⅳ(8)で語られた絶対言語の思想である。

小林はその末尾近くにおいて、「絶対言語の道とは絶対自然への道だ、絶対自然への道とは絶対特殊への道に他ならぬ。普遍性とは又特殊の絶対的信用以外の何物でもない。芸術上の現実主義とは、心の中にあると外にあるとを問はず、特殊風景に対する誠実主義以外のものを指さぬ」と、語っている。この言葉もまた、一読するだけでは、その意味するところがよく分からない、難解な表現である。とりあえず、小林がこのような結論を導き出すに到る論理上のプロセスを細かく分析していくことにしよう。

「アシルと亀の子」Ⅳで、小林は、まずマルクスが『哲学の貧困』で述べた「不死の死」の下りを引用し、「すべては運動の形態である。人間といふ形態が生産され、人間の脳髄を通過した様々な観念形態が、事実上在るといふに過ぎぬ」と語る。

マルクスが『哲学の貧困』で言及している「不死の死」については、小林が引用した箇所だけでは内容が分かりにくいので、引用されている箇所を含むパラグラフ全体を確認してみると、次の通りである。

社会的諸関係は生産諸力に密接に結びついている。新たな生産諸力を獲得することによって、人間は彼らの生産様式を変える。そして、生産様式を、彼らの生計を変えることによって、彼らは彼らの一切の社会的関係を変える。手挽臼は諸君に封建領主をもつ社会をあたえ、蒸気臼は諸君に産業資本家をもつ世界をあたえるだろう。

彼らの物質的生産力に応じて社会的諸関係を確立するその同じ人間が、彼らの社会的諸関係に応じて諸原理、諸観念、諸範疇もまたうみだす。

それゆえに、これらの諸観念、これらの諸範疇は、それらの表示する諸関係と同様に、永久的なものではない。それらは歴史的、一時的産物である。

生産諸力においては増大の、社会的諸関係においては破壊の、諸観念においては形成の、一つの不断の運動が存在する。変わらないものは運動の抽象—不死の死—だけである。(9)


このパラグラフは文脈上、マルクスがプルードン経済学の背景にヘーゲル弁証法を見、それへの批判を展開した下りである。あらゆる運動を抽象化して論理的範疇に還元した上で、理性を中心とした弁証法体系の内に取り込んでいくヘーゲル弁証法に対して、マルクスは、ここで認識論的転倒を指摘している。論理的範疇を不動のものと見なし、あらゆる運動をその中に取り込んでいくという抽象化の操作自体が、実体よりも範疇に真理性を置くような誤謬を前提としている、範疇とは生産様式に支えられた社会的諸関係の影に過ぎず、不変的な範疇など存在しない、社会の変化にともなって範疇もまた生成変化を繰り返していく、これがマルクスの主張である。ヘーゲルが範疇を不変的なイデアとして扱うに対して、マルクスは運動の形態としてみなすべきであると主張したわけであり、それを一言で表現したのが「不死の死」である。

このようなマルクスの議論を受ける形で、小林はまず、「全自然が一つの運動ならば、もはや、人間は自然の外側に立つて、存在する真理を認識し、表現する者として現れはしない」、「すべては運動の形態である。人間といふ形態が生産され、人間の脳髄を通過した様々な観念形態が、事実上在るといふに過ぎぬ」と述べる。マルクスの唯物論的弁証法を一旦は肯定するわけである。蒸気臼が「産業資本家」や「労働者」という社会的実践形態としての「人間」を生産し、その「人間」の中に何らかの観念が形成されていく。言葉の「不死」は結局ありえず、社会的諸関係の運動にしたがって言葉もまた形成され消滅していく宿命を負っている。そして、人間は言葉によってのみ思考することができる以上、言葉の限界が精神の限界であることになる。言い換えるならば、「精神」とは、あるいは「人間」とは、社会的諸関係の影としての言葉の集積という形態をとってのみ形成されることになる。人間精神とは社会的諸関係の影以外ではない。「人間を語るとは文化人を語る事である」「社会は自然の破片である、個人は社会の破片である、人間精神とは言葉を生産する工場以外の何物でもない、言葉を個人とする社会以外の何物でもない」と小林が言うのは(10)、その謂いである。

その上で、小林はマルクスの言語観に対して修正を迫る。小林はマルクスを批判して、「マルクスの言ふ様に『人足と哲人との差異は、番犬と猟犬との差異よりも小である』。学的認識といひ芸術的認識といひ又五十歩百歩の問題だ」、「ただ、困難な点は、人間の全秘密は人間の五十歩百歩的実践のみに含まれてゐるといふ事である」と語る。五十歩と百歩の差、つまり、「学的認識」(学術用語)と「芸術的認識」(文学言語)の、一見微妙なものにしか見えない差異の中にこそ、「人間の全秘密」、すなわち、「精神が永遠に言葉の桎梏の下にある」ような人間のあり方を明るみに出す契機が隠れていると言う。

久しい間、人間社会の暗黙の合意の裡に生きて来た言葉は、その合意の衣をかなぐり捨てねばならぬ。合意の衣とは言葉の強力な属性に他ならぬといふ事だ。古来あらゆる最上作家等の前提は、言はば言葉の裸系の洞察に存した事は疑ひない。彼等の方法論はこの絶対の言語（勿論、形而上学的にも形容詞的にも使はれた意味ではない、例へばエンゲルスが絶対自然と呼ぶ場合の意味でだ、以下同じ）を考へずに意味をなさぬ。精神が言葉のみによつて発展し、言葉のみによつて、同時に制約されるといふ事の強烈な意識が、既に絶対言語を予想するものである。[11]

ここで言うところの、言葉についての「人間社会の暗黙の合意」とは、言葉が「内面論理」そのものを表象していないにもかかわらず、表象していると錯覚していくような、言葉の商品的性格、認識論的転倒を指している。小林はそのことに自覚的であることにおいてのみ、つまり「精神が言葉のみによつて発展し、言葉のみによつて、同時に制約されるといふ事の強烈な意識」を持つことによってのみ、商品的性格を切断したような言葉、すなわち「絶対言語」を獲得できる、と言うのである。

では、「内面論理」を表象する言葉とは、具体的に言えば、一体、どのようなものなのか。そして、そのような言葉がなぜ「絶対」的、すなわち、「永遠に―すべてはそれがはじめにあったとおりのままにとどまる」ことが可能になるのか。繰り返しの引用になるが、「アシルの亀の子」Ⅳでは、この問題について、「絶対言語への道とは絶対自然への道だ、絶対自然への道とは絶対特殊への道に他ならぬ。普遍性とは又特殊性の絶対的信用以外の何物でもない。芸術上の現実主義とは、心の中にあると外にあるとを問はず、特殊風景に対する誠実主義以外のものを指さぬ」と説明されている。「絶対言語」とは、普遍的本質、たとえば、イデアを表象しているという意味は含まれていない。「絶対的特殊性」、―小林はそれを「世に一つとして同じ石がないその石の存在に到りつく時」発見する「世に一つとして同じ音声をもたぬ一つの石といふ言葉」と説明するのだが―、指示対象としての、世界に一つしかないような個別的で一回的な事物と、ある言葉との結びつきの不動性（砕いて言えば、この言葉はあの時あの場所で見たあの事物を指しているという絶対的な確信）を内包する言葉を指して小林は「絶対言語」と呼んでいる。これを言葉の側から見れば、たとえば「石」という言葉は、いま―ここに、あるいは、あの時―あの場所に存在したような、単独性を帯びたある「石」を指すわけだから、石一般を指す意味での「石」という概念と比べて、言語外に無限のニュアンスを帯びることになる。そして、小林はこの「無限の陰影」こそ、「その人の肉体全体を指す」、と言うのである。

心理とは脳髄中にかくされた一風景ではない。また、次々に言葉に変形する太陽下にはさらされない一精神でもない。ある人の心理とは、その人の語る言葉そのものである。その人の語る言葉の無限の陰影そのものである、と考へればその人の性格とは、その人の言葉を語る、一瞬も止まる事なく独特な行動をするその人の肉体全体を指す、といふ考へに導かれるだらう。[12]

この時点で、小林が言語の商品性を切断した先に復権しようとしたものが、いわば言語の身体的性格であったことが見えてくる。同様のことは、「様々なる意匠」[13]でも、「彼等が捉へた、或は捉へ得たと信じた心の一心態は、音楽の如く律動して、確定した言葉をもつては表現出来ないものであつた。各自独立した言葉の諸影像が、互に錯交して初めて喚起され得る態のものであつた」と、語られている。ここだけを見れば、小林の認識の到達点そのものは、「様々なる意匠」と比べて、さほど変化を見せているとは言い難い。しかし、小林は、ベルグソンの純粋持続、マルクスの弁証法的唯物論を援用しつつ、自らの立脚点をより構造的に捉え直そうとしているのは、確かである。

小林が『資本論』を援用しつつ唯物論的批評を展開したという指摘は、これまでもなされてきた。たしかに、小林は『資本論』を批判理論として全面的に受け入れてはいるものの、そこに止まっているわけでもない。マルキシズムが提示した存在概念、生産関係によって規定される人間の存在様式を、表層的なものと位置づけ、深層領域に、無限に広がる非言語領域、ベルグソンの言う純粋持続の世界を見ようとする。ここに初期批評における小林の、言葉と人間をめぐる認識の布置の本質があったと、見てよいだろう。
　そして、小林にとって、文学の言葉、「絶対言語」とは、その意味を、意識の外部に広がる非言語領域、純粋持続の世界から汲み取ってくるものでなければならず、そうであることによって、言葉ははじめて美になりうるものだったのである。

【注】

（1）『改造』昭和五（一九三〇）・四
（2）新潮社　昭和五（一九三〇）・一
（3）中央公論社　昭和五（一九三〇）・二
（4）「形式について」『東京朝日新聞』昭和三（一九二八）・一一・二八
（5）叢文閣　昭和四（一九二九）・一二
（6）服部紀訳　岩波文庫、なお林淑美は同書に『私小説論』との関わりを指摘している（『昭和イデオロギー』平凡社　平成一七〈二〇〇五〉・八）。
（7）蔵原惟人「プロレタリア・リアリズムへの道」『戦旗』昭和三（一九二八）・五
（8）『文藝春秋』昭和五（一九三〇）・七
（9）高橋義孝訳『哲学の貧困』新潮社　昭和三一（一九五六）・七
（10）（8）と同じ
（11）（8）と同じ

(12)　(8)と同じ

(13)　『改造』昭和四（一九二九）・九

第二章　批評の科学性

科学的批評の構造

「マルクスの悟達」は、「アシルと亀の子」Vを発表してから五ヶ月後にあたる、昭和六（一九三二）年一月、『文藝春秋』に発表された批評である。

この批評の冒頭において、小林はまず、平林初之輔と大森義太郎の間に交わされた、文芸批評の科学性に関する論争について言及している。平林初之輔の「所謂科学的批評の限界」に向けられた大森義太郎の批判について、小林は、「今日まで批評が綿々としてうち続いて来た事実は如何とも為し難い。では何故つゞいたか。批評に科学性があつたからだ」と述べる。科学的、合理的な記号体系を「意匠」として退けた小林が、ここでは、批評の科学性を主張している。もはや言うまでもないと思うが、このような言い方は小林特有のレトリックである。形式主義論争に参加した人たちとはまったく異なる意味を込めて「存在」という言葉を用いて、どちらも批判したのと、同じ手法である。「マルクスの悟達」に登場する「科学」という言葉にもまた、平林や大森とはまったく違う意味が託されている、ということも、容易に想像がつくだろう。むしろ、小林はここで、「様々なる意匠」や「アシルと亀の子」で展開した自分の考え方を、平林と大森の間で交わされた、批評の科学性に関する論争を「だし」にして、反復しようとしている、と見るべきである。

本章では、「マルクスの悟達」で語られた〈批評の科学性〉について、小林による唯物論的弁証法受容を手がかりにして考えていくつもりだが、まずはその前提として、平林、大森の議論をそれぞれ確認していくところから、始めることにしよう。

平林初之輔の「所謂科学的批評の限界」は昭和五（一九三〇）年一一月、『新潮』に発表されている。ここでの平林の主張の要点は、批評における科学性の否定に尽きる。

平林は次のように述べている。

今日既に科学的批評といふものがあるではないか？　といふ人があるかも知れぬ。なる程名前だけは科学的な批評がある。（中略）試みに、ここに一つの作品を示して、百人の批評家に、それを評価さして見たまえ、百人が百人ともちがつた評価をすることは確実といつてよい。同じ一つの対象から、百人が百人ともちがつた結論をひき出して来るやうな科学があるといふなら、それでよい。私は、ひかえめに一般の用語法にならつて、さういうものは科学とは呼ばないことにするだけだ。

芸術の印象は個人個人千差万別である、そうである以上、最終的に芸術の評価は主観の問題に帰着する。だから、批評に科学性が存在することなどありえない。これが、平林の主張である。「マルクス主義批評では、社会学的分析」「だけでは足りないで、評価がこれに加はつて来る」、「矢張りここでも頭は科学だが尻尾は非科学である」という言葉からも明らかな通り、平林の主張が、マルクス主義批評を批判したものであることは、言うまでもない。

これに対して、マルクス主義批評の立場から反論を展開したのが、翌月、昭和五（一九三〇）年一二月の『改造』に掲載された大森義太郎の「文藝時評」である。大森は、「いつたい平林氏はどんな哲学的立場に立つてゐられるのであらうか」と、まず述べる。「一般の用語法にならつて」印象批評以外に批評の立場はないと主張する平林に向かって、大森は、科学性について議論するならば、一般的な立場ではなくて「哲学的立場」から説明せよと迫るわけである。その上で、大森は、唯物論的弁証法なり史的唯物論なりという「哲学的立場」の科学性を主張する。

大森の主張する批評の科学性を要約的に語れば、次のようになるだろう。まず第一に、大森は平林の言う、科学ならば万人の印象が一致するはずであるという前提に対して、批判を展開する。科学の普遍妥当性は帰一性に基づくものではない、その証拠に社会科学でも、相矛盾する様々な学問体系が併存している。それどころか、マルクス主義の内部でも様々な体系が乱立し、帰一の見込みはまったくない、と言う。

その上で、「われわれは『科学的批評』といふ言葉をもつてそんなことを主張しない。われわれが求めるのは評価の標準の帰一性ではなく、評価の方法の科学性である」と述べる。大森が言う評価の科学性とは、「今日の資本主義社会の分析からその将来への、社会主義社会への展望をもつことができると同じやうに、今日の芸術の分析から将来の芸術を想見することができる」ことを前提として、「この欠点から今日続々出てくる芸術作品を『評価』する」時、批評の科学性を担保することができる、というものである。言うまでもなく、「この芸術の歴史＝理論的研究は弁証法的唯物論、史的唯物論をもつマルクシズム」の演繹的利用によって初めて可能となる。

さて、小林は、「マルクスの悟達」で、このような論争の経緯を眺めつつ、論争の本質を弁証法的唯物論の問題に帰着させる。冒頭近くで、小林は批評の科学性を認めていたわけだが、認めつつも、大森が言うような（批評の科学性を保証する）「弁証法的唯物論」に、疑問を投げかける。

弁証法的唯物論といふものは成る程最近書物の上に現れた理論に相違なからうが、その真理は世の創めと共に古く人はこの理論の真実を書物から学ぶことは出来ぬものだといふ事である。この理論は見事な人間生活の規範である。だが、物指ではないといふ事だ。

これが、小林の主張である。

小林は、弁証法的唯物論を、書物から学ぶことは不可能なもの、すなわち、思想のための思想や思想の演繹的利用を否定する認識法であると、語るわけである。

何かを認識するという行為は、自然や社会と直に向かうこと、マルクスの言葉で言う「実践」を通じて、初めて可能になるものであり、書物で得た知識を演繹的に利用して何かを了解することではない。「アシルと亀の子」で語られた、言葉の「不死の死」、言葉と言語外現実をめぐる認識論的転倒を退けようとする考え方が、ここでは、弁証法的唯物論の説明として、反復されているのが分かる。だからこそ、小林に言わせれば、弁証法的唯物論が、「物指」、評価基準になるはずがない。むしろ、それを否定するメタ・レヴェルの考え方だからだ。言葉自体がフィクションなのだから、そのフィクションである言葉を使って何かを分析したり、さらに評価したりできるはずがない、ということになる。「理論の為の理論、思弁の為の思弁を、弁証法的唯物論は全くの素朴をもつて否定する」、「弁証法的唯物論は思想の一種の否定である。思想を否定して思想を編む事はおろかである」という言葉は、このような小林の立場を示している。

同じことは、昭和七（一九三二）年一二月、『東京日日新聞』に掲載された「年末感想」でも、「マルクスの言葉を、文芸批評の原理とするのは正しい。だがこの原理を原理とする文芸方法論が、当の原理を忘却した方法を説いている。見本はいくらでもある」と、語られている。弁証法的唯物論の核心を、言葉とその外部の一致を前提として編み上げられた世界像＝思想の否定に見る小林にとっては、そのマルクスの原理を〈思想〉として受け取り、我田引水的に利用して批評を展開すること自体が、自家撞着を意味することになる。

弁証法的唯物論の可能性

「マルクスの悟達」で小林は、「嘗て、大森、山川両氏の翻訳でレニン(ママ)の『唯物論と経験批判論』を読んだ時、私には弁証法的唯物論の真理は素直に自明と観ずればまさしく自明と見えると思つた」と、語っている。小林が、弁証法的唯物論について、レーニンの『唯物論と経験批判論』によって、勉強していたことは間違いない。そして、小林は「レニンの短文を約言すればこの世はあるがまゝにあり、他にあり様がない、この世があるがまゝであるといふ事に驚かぬ精神は貧困した精神であるといふ事である。弁証法的唯物論なるものの最も率直な表現である」と、述べる。

小林のこの世はあるがままにあるという弁証法的唯物論の理解は、レーニンによる、マッハを代表とする新カント派批判を要約して語ったものである。

レーニンによれば、カント哲学の特徴は、唯物論と観念論という相反する二つの哲学を一つの体系の中に結びつけたところにある。存在と認識の不一致、すなわち認識不可能な、超越的、彼岸的な存在である「物自体」を想定した上で、カントはその「物自体」と、それについて私たちが抱いた観念の不一致を唱える。私たちは、けっして、存在そのものを知ることはできない、唯一知ることができるのは、その存在について私たちが抱いた何らかの観念である。こう唱えるとき、カントは観念論の相貌を顕すと、レーニンは言う。しかし、経験や感覚を知識の唯一の源泉として認める点では、カントは唯物論的ではある、が、それも、認識の基盤として、時間・空間・因果律の先天性の存在を認める時、カントはふたたび観念論に回帰していく。レーニンのカント理解はこのようなものである。カント哲学が内包する観念論的方向を純化したのがマッハを代表とする新カント派である。レーニンはマルクス・エンゲルスを援用しつつ、新カント派が唱える「物自体」観念を批判し、存在と認識の一致を主張する。

ここで登場するのが、弁証法的唯物論という考え方である。

現象と物自体とのあいだには、けっしてどんな原理的差異もないし、またありえない。差異はたんに認識されたものとまだ認識されていないものとのあいだにあるにすぎず、この両者のあいだに特殊な境界があるといった哲学的思弁、すなわち、物自体は現象の「彼岸」にある（中略）とかいった哲学的ねつ造―こうしたものはすべて、空虚なばか話であり、Schrulle であり、逃げ口上であり、思いつきである。（レーニン／マルクスレーニン主義研究所訳『唯物論と経験論批判』[1]）

認識論でも、科学の他のすべての分野でも、弁証法的に考察しなければならない、すなわち、われわれの認識を出来あがったもの、不変のものと仮定しないで、どのようにして無知から知識が現れ、どのようにして不完全な、不正確な知識がいっそう完全な、いっそう正確な知識になるか、を研究しなければならない。

ひとたび諸君が、人間の認識は無知から発展するという観点に立つならば（中略）あらゆる人々の日常生活を観察してえられた幾百万の例が、人間につぎのことをしめしているのを見るであろう。すなわち、「物自体」は「われわれにたいする物」に転化するということ、われわれの感覚器官が外部のあれこれの対象から刺激をうけると「現象」が発生するということ、また、われわれが存在していることを知っている対象が、なにかの傷害でわれわれの感覚器官にはたらきかけることができなくなると、「現象」が消失するということ、を。そこからくる唯一必然的な結論、――すべての人が生きた人間的実践のなかに出しておいて、唯物論が意識的に自分の認識論の基礎においている結論――は、われわれのそとに、われわれから独立して、対象、物、物体が存在し、われわれの感覚は外界の像である、ということである。（同右）(2)

小林が言う、弁証法的唯物論理解は、右のようなレーニンの主張の要約的表現になっていることが分かるだろう。

私たちが抱いている存在についてのイメージは物自体とは別物である、という観念論の主張に対して、レーニンが論駁した、「現象と物自体とのあいだには、けっしてどんな原理的差異もないし、またありえない」という議論を捉えて、小林は、「この世はあるがまゝにあり、他にあり様がない」というところに弁証法的唯物論の核があると、論じているのだ。

このような、小林による弁証法的唯物論理解を踏まえれば、彼が文芸批評に科学性を認める理由もまた、見えてくる。小林は、平林の議論に、新カント派的な意味での「物自体」として文学を見なす立場を見ている。文学それ自体は「物自体」、つまり、不可知のものであるとする立場、平たく言えば、文学とはその普遍的真理を認知することができない何ものかにすぎず、文学作品の鑑賞を通じて私たちが得るのは、主観に映った幻影に過ぎないという立場である。

その平林に対して、小林は弁証法的唯物論を援用して批評の科学性を主張するのだが、ただし、その理解の仕方は大森とはまったく違ったものになっている。小林にとって、弁証法的唯物論の真理とは、この世はあるがままにあるということ、私たちの感覚器官が外部から刺激を受けると、ある感覚が発生する、その感覚こそが私たちにとっての世界そのものであり、「他にあり様がない」、「物自体」といったような、感覚器官による認知の外部に対象を別の形で想定することはありえない、というのが、小林の唯物論的弁証法の中味である。「われわれが作品を前にして、われわれの裡に起こる全反応、或は生理的全過程を冷然と眺めるのが何が主観なのですか。それは純然たる客観物です」という言葉が示すように、小林にとって文学とは読書過程を通じて得られた諸印象そのものである。それこそが文学という「客観物」であり、他にありようがないと、小林は言っているわけだ。

とするならば、大森のように弁証法的唯物論の演繹的利用によって作品を評価することなどありえない。弁証法を運動法則として演繹的に利用し、その行く末を予想するという行為それ自体が、たとえば、生産力とか生産関係といったような、概念なり言葉がまずあり、そこに実在を押し込むような理解のあり方を、前提として抱え込んでしまうからである。その時、観念は、あるいは、言葉は、実在の上位に位置してしまう。

昭和六（一九三一）年四月、『新潮』に発表された「文芸批評の科学性に関する論争」で、小林はこんなことを語っている。

現代唯物論の命令なるものは、一概念として振りまはすには、根本的に過ぎる真理であります。それを振り回す処に、空虚な図式が出来ます（中略）多くの批評家が、マルクスにならつて芸術作品の精神化を目指します（中略）それで、どうです。経済的客観の社会的関係図式以外になんの武器も持たぬのです。笑止な事だ。

小林にとって、弁証法的唯物論とは、思想を否定する思想であり、それどころか、思想の言葉の自明性を疑うものでなければならない。とするならば、その演繹的利用はあってはならないことになる。だからこそ、小林の目から見れば、同時代のプロレタリア文学理論こそが、弁証法的唯物論が批判する、観念論の認識論的転倒と同じ錯誤を犯しており、自家撞着に陥ってしまっているように見えるのである。

「現代文学の不安」(3)で小林は、「自然の弁証法に忠実に、素朴に、直裁に、歌を逃れ、美を逃れ、小説といふものを構成しようとするこの精神は」「肉化するあらゆる方法を放棄してゐる」、「社会正義を唱えつゝ人間軽蔑を説く、これを私は錯乱と呼ぶ」と、語っている。外界からの刺激を受け人間の感覚器官に生起した現象そのものを隠蔽してしまうマルクス主義批評は、人間を疎外していると言うのだ。小林に言わせれば、弁証法的唯物論の真理とは、「書物から学ぶことは出来ぬもの」、観念に現象を当てはめ理解するような認識行為を禁止する立場、演繹という形式論理、あるいは、言葉や観念、概念の先天性を認識論的転倒として否定する立場、「思想の一種の否定」なのである。

もう分かると思うが、小林は批評の科学性を、「科学」の虚構性を自覚するメタ・レヴェルの立場、という意味で、使っている。そして、そのような立場が可能であることを、レーニンの弁証法的唯物論を引き合いに出して示唆しているのだ。言い換えれば、小林の言う弁証法的唯物論とは、「様々なる意匠」で語られた、表象をフィクションとして退ける「宿命」論の変容(ヴァージョン)である、ということになる。流動的で一回的な感覚世界、非言語領域を唯一絶対の知と認めること、これが小林の科学的立場なのだ。

精神化された商品

「文芸批評の科学性に関する論争」では、以上のような小林の立場が、より詳しく語られている。

芸術作品の政治的価値に関して、人がつかみかゝらうが、或は、防御しようが、影との争ひに過ぎぬ。作品はいつも眼の前に、何らの価値概念も附加されず、客観物として在るのです。（中略）作品はわれわれの認識の客観的対象だといふことは、たゞ対象が私達の精神の外に独立してあるといふ事を意味しません。作品はいつもわれわれに働きかけてをります。

たしかに、作品自身には、低い政治的価値も高い政治的価値も付与されてはいない。作品それ自体は多彩な印象を読み手に与えるような言語の集合体として、事実のレヴェルでは存在している。しかし、小林に言わせれば、そのことが、文学を「物自体」に追いやる理由にはならない。作品が私たちに何かを働きかける機能を内包している以上、その働きかけられた何か、つまり、読書行為を通じて得た多彩な印象自体が作品そのものとなるからである。

続いて小林は、「マルクスにとつて商品の機能といふ事は、その存在といふ事を意味」しており、そのようなマルクスによって提示された「社会的機能」としての「商品」は、「以前の経済学に於ける商品に比べて、遙かに精神化されている」と言う。

何を言っているのかよく分からない文章だが、同じことは、「アシルと亀の子」Ⅳ(4)でも、次のように語られている。

マルクスの分析によつて克服されたものは経済学に於ける物自体概念であると言へる。与へられた商品といふ物は、社会関係を鮮明する事に依つて、正常に経済学上の意味を獲得した。商品といふ物の実体概念を機能概念に還元する事に依つて、社会の運動の上に浮上する商品の裸形が鮮明された。人間精神といふ社会に於いてもこの事情は同じである他はない。

小林はその根拠として、『資本論』第一巻の冒頭で展開された商品論を挙げている。

小林の言うように、ここでマルクスは、「物自体」概念に言及し、それまでの経済学を批判して、「経済上に於ける発見者たちは、物の使用価値は物的性質からは独立してゐるに反し、価値は物それ自身に属するという風に考える。彼等の斯かる見解は、物の使用価値なるものは人類にとり交換に依ることなく、物と人との直接の関係を通じて実現されるのであるが、価値の方は反対に社会的行程を通してのみ実現されるという特殊の事実に依つて確証される」と述べている。「使用価値として見れば、互いに質を異にするということが先に立つが、交換価値として見れば、ただ量を異にし得るに過ぎず、従って使用価値の一原子をも含まない」、にもかかわらず、交換価値を商品そのものと見なし、使用価値を主観的なものとみなしてきたと、ここでマルクスは批判している。(5) 無意識の内に、私たちは、モノの価値を金銭的価値と同じものとして見なしているが、それは認識論的転倒であること、モノの価値とは人間の身体や感覚器官との関わりから形成されるものであることが、ここで語られている。

小林が着目したのは、このような商品をめぐる二つの価値の認知のしかたである。マルクスの商品分析では、「以前の経済学に於ける商品に比べて、遙かに精神化されている」と小林が語るのも、それゆえである。マルクス以前の経済学では、主観の域を出ないものとして位置づけられていた商品の使用価値を、主観と客観という認識の布置そのものを反転させ、それこそが商品の実態であると、捉え直している点を、小林は賞賛するのだ。

そして、小林はマルクスによる商品分析の基層に横たわる主観と客観をめぐる認識論的布置の反転を、文学の問題に持ち込む。読書過程を通じて得た印象を作品そのものと見なし、作品の評価あるいは価値を作品の外部に想定する立場を退けたのは、小林が、マルクスの言う商品のアナロジーとして文学を語っているからである。文学作品の実体は、私たちが読書過程を通じて(=身体器官を通じて)得た印象そのもの(=使用価値)だと、言うわけである。

さらに、小林は「文芸批評の科学性に関する論争」で、平林と大森の論争を、

科学は自然を解釈するだけで、評価するものぢやない。文芸批評といふものは、作品の解釈も評価も必要とする、だから文芸批評には科学性がないと申します。いや、いや、人間の評価といふものは、決して出鱈目のものぢやない。ちやんと客観的準尺があるのだ、科学性が物理学だけにあるなどと飛んでもないと、反駁します。

と要約した上で、「かう書きますと、二人は何故喧嘩してゐるんだかわけがわからなくなります。わけがわからない筈だ。二人は同じ事を別々な言ひ方で言つてゐるに過ぎないからです」と述べる。

なぜ、小林にとって両者が同じに見えたのか。要するに、科学性という概念、あるいは主観と客観という認識の布置自体が、二人の間で共有されているからである。その意味では、二人とも、結局は、マルクス以前の思想と何ら変わりはない、ということになる。批評は主観であると主張した平林に対して、大森は、いや唯物論的弁証法の演繹的利用によって批評も客観的になると批判する。それに対して、小林は、マルクスやレーニンの弁証法的唯物論では感覚器官に形成された現象こそ客観的実在なのだ、だから、読書過程で得た印象自体を作品そのものと見なさなければならない、と言うのである。小林の立場から見れば、印象を主観の領域に封じ込める平林にしても、印象批評の主観性を認め

つつ、その外部に文学批評の客観的座標軸を想定する大林にしても、主観と客観という図式を共有している点で同じ穴のむじなにすぎない。むしろ、弁証法的唯物論が批判したはずの新カント派、あるいはマッハ主義に陥っていることになるわけである。

また、「マルクスの悟達」「文芸批評の科学性に関する論争」では、批評だけでなく文学そのものについても、その「唯物論」的性格が論じられている。

対象的真理が人間思惟に到達するか否かといふ問題は、一般の人々、或は真の芸術家にとつては問題になりません。一般人は、極く自然に、芸術家は意識して、人間思惟といふ特定活動を頭から認めてをりません。

彼等（筆者注、「芸術家」を指す）は、人間思惟が、彼等の感性的計量中の一つの色合ひに過ぎぬ事を率直に認めてをります。彼等には、対象的真理は、正しく刻々と彼等の思惟に到来してゐるのであります。彼等の認識が、実践的活動であるといふ理由で、この間の問題は解決されてゐるのです。人間認識とは、感性的計量であるといふ事を確信してゐる点で、彼等の頭は、常に唯物論的に働いてゐます。

このように小林は、「文芸批評の科学性に関する論争」で、芸術家は唯物論者であるという、一見逆説に見えるような考え方を提示している。

その根拠は、小林自身が引用しているところからわかるように、「フォイエルバッハテーゼ」の「対象的真理が人間的思惟に到来するか否かといふ問題は、なんらの理論の問題ではなく、却つて一つの実践的な問題である。実践に於いて人間は真理を、即ち、自己の思惟の現実性と力、その此岸性を、証明せねばならぬ。思惟―実践からされてゐる思惟―が現実的であるかそれとも非現実的であるかについての論争は、全くスコラ哲学的な問題である」という命題である。この命題を引用しつつ、小林は「対象的真理が人間思惟に到来するか否かといふ問題は、一般の人々、或いは真の芸術家にとつては問題になりません」と、語っている。

思惟によっては、対象物の実在そのものに迫ることは不可能であること、感性、あるいは身体器官を通じて得たものだけが、対象についての真理であること、そして、「フォイエルバッハテーゼ」に記された、このような感性的実践は、芸術家のそれと符合していること、ここでの小林の主張を要約的に語れば、このようになる。

小林の考える文芸の科学性が、言語化以前の内面風景、無意識を超越的な位置に押し上げようとしている点で、「様々なる意匠」の「宿命」論や「アシルと亀の子」の「不死の死」をめぐる議論と、確実に交錯していることは、もはや言うまでもない。だからこそ、「スコラ哲学」的な、思弁のための思弁と化す以前の言語（発話者の感性的実践に根を持つ発話行為としての芸術言語）は、小林にとって、マルクスの言う唯物論的実践と合致することになる。現実そのものの上位に位置するような観念を先天的なものとして想定し、その観念に当てはめる形で現実を認知していく、そのような認識論的転倒を再転倒してみせているところに、小林はマルクスの唯物論的性格を見ているのであり、だからこそ、芸術家も、あるいは、作品の印象を生のまま語ろうとする批評家も、実践の中で喚起されたような感性しか信じていない点で、マルクスと同じ唯物論の立場に立っていると、主張したのである。

【注】

(1)『レーニン全集』第一四巻　大月書店　昭和三一(一九五六)・一
(2)(1)と同じ
(3)『改造』昭和七(一九三二)・六
(4)『文藝春秋』昭和五(一九三〇)・七
(5)向坂逸郎訳　岩波文庫

第三章　資本主義と自己意識

〈私〉の封建的性格

今日でも多くの文学史の叙述で、私小説が日本独自の文学形式として位置づけられているのは、よく知られた話である。このような文学史叙述の起源を調べていく時、戦時下、正確には昭和一五年前後から二〇年までの私小説論議で、同様の主張が繰り返し行われていることに気づく。そこでは、私小説で描かれた〈私〉と、平安期の日記文学や『徒然草』、『奥の細道』などの随筆に描かれた〈私〉の姿との一致が論じられている。このような議論が私小説論議の、復古的風潮や国民文学論への合流であったことは、容易に想像できるだろう。

そして、さらにその起源を遡っていくと、昭和一〇（一九三五）年五月から八月まで『経済往来』に連載された「私小説論」を初めとする、小林秀雄による一連の私小説批評に行き当たる。この時期、日本の近代化をどう捉えるべきか、その認識の布置について、小林は、日本資本主義論争から、学んだふしが見られる。これから詳しく述べていくつもりだが、「故郷を失つた文学」や「私小説論」で展開される小林の歴史認識は、労農派のそれにきわめて近い。本章では、日本資本主義論争と小林の接点を探りつつ、初期批評で追求された言葉と自己意識の問題が、「私小説論」を代表とする一連の私小説批評へと、どのような形で接続していくのか、あるいは、小林の批評上の立場がどのように推移していったか、考えていくことにする。

「私小説論」へと繋がる、小林の私小説批評は「私小説について」から始まる。ここで小林は、宇野浩二の「私小説私見」[1]に言及しているのだが、宇野はこの随筆で、自然主義が成立して以来、今日まで、日本の近代文学の主流がすべて私小説の側にあったと論じた上で「これは日本だけのもので、また日本の最近代の小説の特徴の一つと思はれるが、よく考へて見ると不思議な現象である」と、感想を述べている。小林は「私小説について」において、この言葉を捕まえて、「今日重要な問題は、『よく考へてみると不思議な現象である』といふ処だけにある」と語っている。

小林が言う、「不思議な現象」とは、私小説が近代文学の主流を占めてきたというのが、日本独自の現象であり、西洋には見られない現象であったところにある。だから、小林の眼にはそれが「今日重要な問題」に映ったわけである。結果、今日の文学を考えることとは、小林にとって、日本の近代文学が、西欧とは同じコースを辿らなかった原因を考えるところに収斂されていくことになる。

このような小林の私小説に対する関心のあり方は、彼の批評の重要なターニングポイントを形成している。「様々なる意匠」以来、小林は意識と言葉との関わりから、文学を解析してきた。〈私〉の意識を構成する言語とは何か、その言語が文学の成立する基盤にいかに関わるのかが、初期批評群の根本的な主題を形成していた。

しかし、私小説を批評の対象として以降、小林は従来の問題圏の内部に身を置いたままでは、決して解決することができない問題に、関心の対象をスライドさせる。なぜ西欧と同じコースを辿らず、日本近代では私小説という固有のジャンルが主流を占めたのかと問うことは、意識をいくら解析してみても、答えを導き出せるものではない。〈私〉を成り立たせているものを外部に求め、〈私〉が成立する基盤である、西欧とは異なる外的要因（＝日本の特殊性）とは何かと問いかけなければならないからだ。結果だけを見れば、小林は、私小説を論じはじめたことをきっかけの一つとして、歴史的視点から〈私〉の点検を試みる必要に駆られた、ということになるだろう。

「私小説論」の議論は、このような小林の立場の変化を明瞭に物語っている。ここで小林は、「わが国の自然主義小説はブルジョア文学といふより封建主義的文学であり、西洋の自然主義の一流品が、その限界に時代性を持つてゐたに反して、わが国の私小説の傑作は個人の明瞭な顔立ちを示してゐる」と語っている。封建と近代という歴史意識を批評に持ち込み、近代社会ではなく封建社会に根を持つ文学として、自然主義・私小説の隆盛を捉え直すべきことを、小林は語っている。

ところで、以上のような小林の指摘は、私小説や自然主義文学の封建的性格を指摘している点で、今日の文学史的常識から見れば、一見奇異にも見える。しかし、それはあくまで、今日から見ればそう見えるに過ぎない。宇野浩二が言及していた、正宗白鳥にせよ、徳田秋声にせよ、あるいは、田山花袋にせよ、大正期以降の作品群を読んでみると、長谷川天渓が「一切の因習的思想や、理想を排斥すると同時に、吾が脳底に映じた現実を承認しなければならぬ」(2)と主張したような、制度的なモラルとの闘争の姿勢は、すでに姿を消している。この時期の自然主義文学は、むしろ、虚無的な諦観が全体を覆っているような作品が、多数を占めているのだ。たとえば、花袋の『残雪』(3)では、苦悩の果てに「不動不壊の金剛心」を摑み、宗教的境地にいたるまでの心的過程が描かれている。あるいは、『残雪』執筆のためのノートとしての意味を持つ『東京の三十年』(4)には、次のように語られている。

こうして時は移つていく。あらゆる人物も、あらゆる事業も、あらゆる悲劇も、すべてその中へと一つ一つ永久に消えて行つてしまうのである。そして新しい時代と新しい人間とが、同じ地上を自分一人の生活のやうな顔をして歩いて行くのである。五十年後は？　百年後は？

ここには、現実世界の出来事をすべてはかない夢とでも見なすような、諦念に彩られた宗教的な悟達の境地が、描かれている。このように見てくると、宇野浩二、小林秀雄の意味するところがわかるだろう。制度的なモラルとの闘争をくり返した明治四〇年代の自然主義は、新しい舶来の文学に酔っていたに過ぎず、時が経ち、酔いが醒めた時、そこに姿を現したのは日本古来の文学的土壌、現実をはかないものと見なすような諦念の境地を理想視する、「私の封建的残滓」であった、と言っているわけである。小林の議論が大正期以降の自然主義文学、私小説を踏まえてのものであったことは、間違いない。

さらに興味深いのは、自然主義や私小説に描かれた〈私〉の諦観や宗教的悟達、「伝統的自我の虚無性」（前掲「現実派と理想派」）を指して、小林が、「封建主義的」、あるいは「封建的」と、語っていることである。

小林以外の批評家が書いた、同じ時期の評論を読んでみると、同じように、〈封建的〉という言葉をキーワードとして自然主義・私小説を論じている文章を、散見することができる。たとえば、篠田太郎「日本に於ける自然主義文学の社会的性質について」(5)には、「自然主義がブルジョア的理論であり、封建時代的な遺制、観念の排撃を以て新時代のブルジョアジーのために新たなる制度・生活・観念を建設するための基礎を築くものであり、その将来は帝国主義に向つてゐるものである」、「日本に於て特殊の性質を帯びたが大体この方向をとつてゐる」という言葉がある。あるいは、佐藤信衛「文学者はどんな市民か」(6)では、「日本の社会は尚多くの封建的残存物を包蔵した半封建的社会であり、市民階級は未だ政治的文化的に成熟してゐなかつた」「大正期以降に於ても我が国の文化及び文芸は十分に市民的であるとは言い得ない」と、語られている。

この内、篠田の「日本に於ける自然主義文学の社会的性質について」は、「私小説論」発表に先立つこと一年半、昭和八年の一二月に発表されたものである。ここには、はっきりとマルキシズムの影響を認めることができる。しかし、篠田の場合、西欧の自然主義文学と比べた場合の日本自然主義の特殊性を認めつつも、それを「封建的」性格とは明確に規定せず、むしろ、封建主義的な遺制に対する闘争的性格に、自然主義文学の本質を見ようとしている。長谷川天渓の批評をマルキシズムの立場から捉え直した分析だと言っていい。

注意しないといけないのは、自然主義文学を封建主義的遺制と闘争するブルジョア文学と規定する以上、明治維新をブルジョア革命、封建主義社会を解体していくプロセスと規定する歴史認識を、前提としてなければならない点である。篠田にせよ、小林にせよ、佐藤にせよ、マルキシズムが示した歴史認識への牽引と反撥の中で、〈封建的〉という表象を文芸批評に導入しつつ、同時代文学の批評を試みたと、見なければならない。

さて、この時期のマルキシズムの動向に、ここで眼を転じてみると、〈封建〉という表象は、いわゆる日本資本主義論争、その中でも封建遺制論争を通じて、論壇に定着化しつつあった事実に気がつく。結論から先に言えば、小林の私小説批評は、日本資本主義論争と接点を保ちつつ、展開されている。今日から見れば、小林は一連の私小説批評において、初期批評とはまったく正反対の場所に、立脚点をスライドさせている、と言ってもいいだろう。初期批評で小林は、プロレタリア文学批評を「マルクス観念学」と呼び、個人の内面を無視した、その抽象的性格を、完膚無きまでに否定していた。しかし、その小林が「私小説論」では、「封建主義」という共同主観、あるいは「意匠」を用いて、解析を始めている。

さて、言うまでもなく、日本資本主義論争は、ブルジョア民主主義革命から社会主義革命への発展という二段階革命の方針をとる日本共産党の立場に対する、一段階の社会主義革命を主張する無産運動家の反駁をきっかけとして、始まっている。やがて論争は、両者による日本資本主義自体の構造分析をめぐる社会科学的議論に発展していき、前者が『日本資本主義発達史講座』において持論を展開したため「講座」派と呼ばれ、後者が雑誌『労農』に集うたため、「労農派」と呼ばれることになった。講座派には、野呂栄太郎、山田盛太郎、平野義太郎、服部之総、羽仁五郎などが、労農派には、山川均、猪俣津南雄、櫛田民蔵、向坂逸郎、土屋喬雄などがいる。

論争は多岐にわたるため、その性格を一言で言い表すことは難しい。しかし、小林が「私小説論」であつかったのと、テーマとしてまったく重なる、封建遺制論争に絞って言うならば、青木孝平が指摘するように(7)、もっとも根本的な対立点は、農村の封建的要素、および天皇制国家の絶対主義的性格をどのように理解するかにあった、と言うことができる。明治維新によって幕藩体制は崩壊し、大名の領有権は剝奪されたが、もう一方において江戸以来の地主制はむしろ強化され、農村には封建的な慣習がいまだ、強固に存在していた。講座派は、これを、半封建的土地所有と規定し、日本資本主義は、半農奴制的零細農と支配する封建的領主と資本家勢力の勢力の均衡の上に成り立つものと考えた。

たとえば、平野義太郎は「明治維新における政治的支配形態[8]」で、「明治政府」は「地租改正」によって「半封建的土地所有を拡大的に再生産させる方向にむかはせた」、「明治政府の政治支配形態」は、「半隷農体制を維持しながら資本主義を助長するといふ半農奴的資本主義のもつ基本的矛盾に制約せられる」と論じている。それゆえ、天皇制国家は、矛盾する二つの経済システムに依拠しながらも、それらから相対的に独立した権力として位置づけられることになる。西欧において、封建制から資本主義への過渡期に成立した「絶対王政」に照応するものとみなされたわけである。したがって、講座派の主張では、明治維新はブルジョア革命ではなく、純粋封建制から絶対主義への権力再編として、その根本的性格が規定されることになる。

それに対して、労農派は、資本主義の成立は封建制の解体を前提としており、封建的土地所有の上に成立した資本主義など存在しないと批判した。農民の意識において地代はすでに貨幣化されており、維新後の新地主や小作農は、近代的土地所有制度に半ば移行しつつある、封建的慣習が残るとしても、資本主義の発展とともに早晩消滅していくはずである、と労農派は見なしている。たとえば、猪俣津南雄は、「現代ブルジョアの政治的地位[9]」で、「我が地主の多くは、資本主義の発展と共に次第に貨幣資本家に転じた。彼等は、小作人が貢入する余剰価値を、再び土地や農業に放下する代りに、銀行の定期預金と化し、公債、株券、社債に投じた」と論じている。この点については国家権力についても同じであり、山川均が「政治的統一戦線へ[10]」で、「わが国におけるブルジョアジーの政治的発展の現在の段階は、一般的には、明治維新によって開始せられた封建的勢力からブルジョアジーへの政権の推移を完了し、ブルジョアジーの政治的支配を確立するにいたった」と述べるように、たとえ封建主義的な遺制を残しているとしても、天皇制は基本的にはブルジョア国家の一形態としての立憲君主制であり、明治維新についても不徹底な面も持つが、厳密にはブルジョア革命と見なさなければならないと、規定されることになる。

先ほど紹介した篠田太郎の批評が山川の歴史認識を踏まえて、自然主義文学の歴史的位置づけを試みたものであることは、明らかである。では、小林の場合は、日本資本主義論争に対して、どのようなスタンスを取ったのか。

小林秀雄と日本資本主義論争とのもっとも根本的な違いは、そこで交わされた議論の応酬を手掛かりとして、分析の対象を農村から都市に移している点にある。おそらくその原因としては、明治以降、日本の近代文学のほとんどすべてが東京在住の作家によって執筆されたこと、そして何よりも小林自身、東京出身であったことが考えられる。

「故郷を失つた文学」(11)で、小林は「東京に生まれた私ぐらゐの歳頃の大多数の人々」にとって、「東京に生まれたといふ事」は「『江戸つ兒』などといふ言葉で言ひ表はせるものではない」と述べた上で、次のように語っている。

たとへ東京生れの人達でも、一と廻りも年が上ならもう通じ難いのぢやないかと思はれるものがある。（中略）言つてみれば東京に生まれながら東京に生まれたといふ事がどうしても合点出来ない、又言つてみれば自分には故郷といふものがない、といふような一種不安な感情である。

ここで言う「江戸つ児」という言葉と、「私小説論」の「私の封建的残滓」を、等符で結ぶならば、右の引用で、小林が試みている自己解析の意味が明らかになってくる。言葉と自己意識の解析にこだわり続けた小林は、私小説に関心を持つにいたって、西欧とは異なる日本的特殊性を〈私〉は背負っているのか、背負っているのならば、それはどのようなものか、背負っていないとすれば、それはなぜか、と問いかけ始める。そして、そのような問題意識をもって、東京に産まれ育った〈私〉の解析を試みた時、そこに見えたものとは、「封建的残滓」を一切払拭した、つまり、すでに「江戸つ児」ではなくなってしまった、故郷喪失者、「都会人といふ抽象人」としての〈私〉であったわけだ。橋川文三は、「小林がマルクス主義―とくに『日本資本主義発達史講座』の成果から学んだところがあり、明らかに日本のマルクス主義文学の果たした役割に対する正当な解釈と見られるものが記されている」と指摘しているが[12]、むしろ、小林の立場は、封建遺制論争で講座派に対峙した労農派に近い。小林の言う「都会人」を、近代文明と資本主義の発達が産みだした新しい社会の人間のあり方と言い換えるならば、明治維新は講座派の言うような、封建主義社会内部での権力の移譲ではありえない。

ただし、労農派とまったく同じ歴史認識を共有しているわけでもない。小林は、猪俣のように、農村における近代性を主張しているわけではないからである。都市に関しては、正確に言えば、東京という都会に生まれ育った自分や自分と同じ世代に関して言えば、〈私〉の内部に「封建的残滓」はすでに見あたらないと、小林は言っているのだ。

あるいは、「私小説論」では、次のようにも語られている。

> わが国の自然主義文学の運動が、遂に独特な私小説を育て上げるに至つたのは、（中略）何を置いても先づ西洋に私小説が生れた外的事情がわが国になかつた事による。自然主義文学は輸入されたが、この文学の背景たる実証主義思想を育てるためには、わが国の近代市民精神は狭隘であつたのみならず、要らない古い肥料が多すぎたのである。新しい思想を育てる地盤がなくても、人々は新しい思想に酔ふ事は出来る。

また、同じ「私小説論」で、小林は「私の封建的残滓と社会の封建的残滓の微妙な一致の上に私小説は爛熟して行つた」とも、述べている。このような認識の目新しさは、自然主義文学や私小説を二重構造として捉えているところにある。自然主義の作家達は、主観的には封建遺制と対決する近代主義イデオロギーの体現者でありながら、そのような自己意識を客観的に見れば、単に西欧の思想に心酔していたに過ぎない、そうである以上、酔いが醒めたとき、彼らが内包する本来の〈私〉、つまり、「私の封建的残滓」が、ふたたび姿を現すのは当然の成り行きである、しかも、そのような〈私〉は「社会の封建的残滓」という物質的基盤に支えられている。小林の自然主義・私小説観を要約すれば、このようになる。

ここでもう一度、講座派の歴史認識に目を転じると、山田盛太郎は「工場工業の発達[13]」で、「日本資本主義の根本的特徴」として、「日本での産業資本の確立過程（明治三十年乃至四十年頃）」が「半農奴的年貢徴収と半奴隷的労役との相関を編成づける所の、又産業資本と帝国主義転化とを同時に規定づける所の過程として現はれ」、「半農奴的軍事的帝国主義への転化を遂げ、その宏峻なる公的装備を遂げえたこと」を、論じている。小林と山田を比べてみると、日本における〈近代〉、資本主義の成立期を、どの時期に見るかという点で、決定的な違いがあることが分かる。山田盛太郎は「日本での産業資本の確立過程（明治三十年乃至四十年頃）」に形成された「半農奴的軍事的帝国主義」が、「日本資本主義の根本的特徴」を形成している、すなわち、「社会の封建的残滓」こそが日本資本主義の特殊性であり、それは今日も変わらないと、主張している。それに対して、小林は、明治三、四〇年代では、「社会の封建的残滓」は存在したし、それを物質的基盤として自然主義文学が成立したのは認めるにしても、今日においてはすでに消滅してしまったと、主張している。「江戸つ兒」という言葉は、「たとへ東京生れの人達でも、一と廻りも年が上ならもう通じ難いのぢやないかと思はれる」

と、小林は述べる。つまり、「江戸つ兒」という「封建的残滓」は、「一と廻り」上の世代では共有されているが、「東京に生まれた私ぐらゐの歳頃の大多数の人々」ではすでに消滅してしまっている、言い換えれば、明治四〇年代から今日までの間に、「封建的残滓」を支える現実的基盤が消滅してしまったと、小林は見ているわけだ。

小林的視点に立てば、山田の言う「日本資本主義」、日本の近代化には発展がないということになる。山田の主張に従えば、日本の近代は明治三、四〇年頃にその「根本的特徴」を決定し、以後約三〇年、その姿を変えていないことになる。小林はたとえ明治三、四〇年頃の段階で、多量なる封建的残存物があったにしても、今日に生きる都市生活者の意識は、封建的残存物が払拭された時代状況を物質的基盤として成立していると、見ているのである。

猪俣津南雄は、先ほどの言及した「現代ブルジョアの政治的地位」で、「吾々は封建的絶対主義の強き残存を認める。だがしかし、それは」「イデオロギーとしての残存であることを忘れてはならぬ」、「物質的基盤を失つていることを忘れてはならぬ」と、論じている。一方、小林は未だ文壇の主流を占める私小説について、「外的な経済的な事情によつて、社会の生活様式は急速に変つて行つたが、作家等（筆者注、私小説作家を指す）の伝統的なものの考へは容易に変る筈がなかつた」（「私小説論」）と語る。小林の私小説観と猪俣の日本資本主義観が、きわめて近いことが分かる。小林にとって、虚無的な諦観を自己意識とするような私小説は、イデオロギーとしての残存に過ぎなかったのであり、たとえ、今日なお文壇の中枢を占めていたとしても、物質的基盤を喪失している以上、やがて消滅していく宿命を免れえないと見ていたのである。

故郷を失った〈私〉の抽象性

では、「私の封建的残滓」を支える物質的基盤を喪失した結果、私小説はどのように変質していくと、小林は見ていたのだろうか。

小林は「故郷を失つた文学」で、次のように語っている。

> 自分の生活を省みて、そこに何かしら具体性といふものが大変欠如してゐる事に気づく。しつかりと足を地につけた人間、社会人の面貌を見つける事が容易ではない。一と口に言へば東京に生れた東京人といふものを見附けるよりも、実際何処に生れたのでもない都会人といふ抽象人の顔の方が見附けやすい。

ここで言う、故郷喪失者、「都会人といふ抽象人」としての〈私〉とは、自己意識を組織化し、構造化するための、「封建主義的」イデオロギー（たとえば、宗教的な諦念や虚無感といったような）がすでに解体してしまった時代を生きる現代人を指すことは、間違いない。小林はその姿を、「小説の問題Ⅰ」[14]で、「機械の暴力が自然の形や運動を変化し攪乱して行くにつれて、自然の姿は次第に夢に類似して来る。」「人々はたゞ馬鹿面をして街頭に立てば、過度に加工された街々の運動が既に夢なのである」と説明する。小林にとって抽象性とは、都市文明、機械文明が産みだした様々な新しい感覚が人々の神経を絶えず刺激した結果、生成変化する様々な感覚の束としてしか生きることができなくなった、「都会人」のあり方そのものを意味している。新感覚派を始めとするモダニズム文学が、その文学の基本に据えた都市感覚を、小林は近代文明がもたらした現代人の存在様式として捉えている。

あるいは、「文学界の混乱」[15]では、「自分の意識」が「手がつけられない程無秩序な有様になつてゐる」、「秩序ある意識が秩序ある真理を捕へ、過不足のない意識が過不足のない真理を捕へる、そんな事はもう少くとも文学の世界では、お伽噺に過ぎぬ」とも語っている。都会人が絶えず神経を刺激する感覚そのものと化せば、当然のことながら、恒久的な、統一的人格としての〈私〉を、もはや望むことはできない。「抽象人」あるいは「夢」という言葉には、「秩序ある意識」を収奪された〈私〉の不確かさ、浮遊感覚といったような意味が込められている。初期批評で提示された、純粋持続としての存在様式が、歴史的、文明論的視野から、捉え直されていることが分かるだろう。

中澤臨川は大正四年の段階で、すでに、近未来の日本では「急激な物質的富の勃興は凡ての社会制度を繁雑にし、目眩るしく人間の外的刺激を増加した」結果として、「一々の個人からも有機的統一が奪われ」ると述べたが[16]、小林の自己解析は、まさにそれを生きている〈私〉の発見であった、ということになる。

付け加えると、初期批評で繰り返し語られた人間精神の非言語領域、「精神の豊富性」が、ここでは近代文明がもたらした病理、混乱として、否定的に語られている。価値の側から反価値の側に置き直されていると言ってもよい。初期批評では、混沌とした内面世界に根を持ってこそ、言葉は「意匠」ではなくなり、美を放つと語られていた。一連の私小説批評は初期の批評原理とは明らかに異質な場所に立脚している。純粋持続の形態をとる人間の内面世界は、近代化、資本主義化の結果、安定と統一を失い無秩序の様相を呈するに至った近代文明の鏡でしかなくなっている。とするならば、それは美を生み出す母胎ではなく、時代の病理に過ぎない。後に詳しく語ることになるが、実はここに、小林が伝統的精神、古典美を発見し、傾斜していく内的要因がある。混沌や流動に背を向ければ、必然的に様式性への志向が生まれる。日支事変勃発直後の時代状況という外的要因と相俟って、小林はやがて古典美の世界へと沈潜していくことになるのである。

ふたたび、話を私小説批評に戻そう。ここで、よく知られた「社会化された私」について、ひと言述べておきたい。小林は「私小説論」で、アンドレ・ジイドの『贋金づくり』を取り上げて、「私小説は亡びたが、人々は「私」を征服しただらうか」と語っている。さらに、ジイドの問題意識が、「小説の登場人物等は、作者によつて好都合な性格を持たされ、ある型の情熱を、心理の動きを持たされるが」「人間は実際には」「さういふ風には生きられない」ところにあったと、語る。この言葉は、

「僕等はもはや自然主義作家等の信じた個人といふ単位、これに付属する様々な性格規定を信ずる事が出来ない。それといふのも個人を描かず社会を描けといふ理論によつて信じられなくなつたのではない。僕等がお互の性格の最も推測し難い時代に棲んでゐるといふ事実から信じられなくなつたのである。性格は個人のうちにもはや安定してゐない。それは個人と個人との関係の上にあらはれるといふものになつた。性格とは人と人との交渉の上に明滅する一種の文学的仮定となつた」[17]という、自然主義・私小説批判と、内容的にまったく重なっている。都市文明・機械文明、マルキシズム風に言えば、ブルジョア社会の到来によって、たしかに、自然主義や私小説の描いた「私の封建的残滓」は消滅した。しかし、文学が「私」を描くこと自体がブルジョア的なのでもなければ、「私」の問題そのものが消滅したわけではない。新しい文明・新しい社会がもたらした新しい存在の様式、統一的人格を収奪された〈私〉のあり方が、文学のテーマとして浮上するはずである。これが小林の言う、いまだ克服されてはいない「私の問題」であり、その先駆者こそが、小林に言わせれば、ジイドなのである。

『贋金づくり』には次のような言葉がある。

　私の作品の《根本の主題》とでも呼ぶべきものが、どうやらわかりかけて来た。それは、現実の世界と、現実からわれわれが作りあげる表象との間の競合である。いや、多分そうなるだろう。

外界はわれわれに自分を押しつけてくるし、われわれはそれぞれに解釈を押しつけようとする、その押しつけ方が、われわれの生活のドラマをなすのだ。[18]

ここでは、ジイドの分身と思しき、小説家のエドゥワールの小説観が語られている。私たちが現実に対して抱く観念や表象と現実そのものは、決して一致することはない。現実は私たちの言葉なり観念なりを裏切る形でしか存在しえないと言うのだ。エドゥワールに言わせれば、「現実主義」つまりリアリズムとはその競合関係を忘却し、表象なり観念なりを現実と錯覚するような認識論的転倒を犯している。彼が描こうとしているものとは、このような現実と表象との齟齬、言い換えれば、登場人物の思い描く現実が現実そのものとは決して一致しえない、関係そのものなのだ。

このようなエドゥワールの小説観を踏まえて、小林は「私小説論」で、次のように語る。

例へば現実のある事件は決して小説のなかに起こらない、どんなに忠実に作者が事件を語つてゐようとも。事件が起つたとは、事件を直接に見た人、間接に聞いた人、これに動かされた人、これを笑つた人等々の人々が周囲に同時に在るといふ事だ。事件は独りで決して起らない。人々のうちに膨れ上り鳴りひゞくところに、事件は無数の切口をみせる。エドゥアルに言はせれば、在来のリアリズム小説は、この無数の切口に鈍感だつたのである。

「個人といふ単位」つまり、統一的な人格が収奪され、情熱や心理についての型が解体し、無軌道な感覚の生起と消滅が内面を支配するに到った「都会人」には、ある事件についての共通の認識など、もはや産まれようがない。存在するのは、無数の人間がそれぞれ抱える無軌道な感覚によって捕らえられた、無数の事件の様相である。小林に言わせれば、ジイドが俯瞰しえた現代人の様相とは、このような、〈私〉の内部と外部との関係、小林の言葉で言えば、「個人性と社会性との各々に相対的な量を規定する変換式の如きもの」である。作家が内面に抱える非言語領域、「内面論理」や「宿命」から、その意味をくみ上げてきた「絶対言語」、そして、それとはついに一致しえない現実そのもの。両者の齟齬と競合の関係を俯瞰的に眺める小説が、「私小説論」で小林が提唱した、新しい散文芸術のあり方なのである。そして、そのような〈私〉の文学的形象を指して、小林は「社会化した『私』」と呼ぶ。時代の混乱を映す鏡と見なされた内面世界は、もはや美を生み出す母胎として語られることはない。時代感情を照らし出すための題材として、位置づけがし直されている。「社会化した私」とは、その題材を指している。

私小説論議の行方

私小説という概念の定義をめぐって、大正期から戦後まで多くの論者によって議論されてきているのは、文学史上の常識だろう。言うまでもなく、私小説論議は、もともと、中村武羅夫が「本格的小説と心境小説と」[19]で、作者の心の動きのみを記す「心境小説」を否定して、トルストイの『アンナ・カレニナ』のような虚構によって構築された「本格小説」を提唱したことに始まる。そして、中村の主張を、久米正雄は「『私』小説と『心境小説』」[20]で、すべての芸術の基礎は「私」にあり、その「私」を批判を交えずに表現することこそ、散文芸術の本道であると批判した。この応酬をきっかけにして、以後、私小説をめぐる論議は、昭和三〇年代まで、多くの論者によって交わされることになる。

面白いのは、私小説論議が戦時中も間断なく続いていることだ。昭和一〇年代に入ると、それまで交わされていた、私小説が純文学かどうかという論点が後景に退き、私小説と古典文学との接点を指摘する議論が盛んに交わされるようになる。

このような議論の背景に、国民精神総動員のための国民文学論が盛んに提唱されていた文壇状況、あるいは戦時下という時代状況の存在が見え隠れしていることは、言うまでもない。

それはともかく、戦時下の私小説批評を読んでいくと、大きく分けて、私小説を日本の伝統の流れを汲むものとして位置づける、その位置づけ方には二つの型があることに気がつく。

まず第一はフォルム・文学形式に着目して、私小説と古典文学の接点を浮かび上がらせるものである。「私小説を遡つていくと、国文学の伝統では、日記文学と随筆文学がある[21]」、「日本の文学精神（筆者注、「短歌」「俳句」を指す）には」「断片の愛好癖がついてまはつてゐる」、「かういう風な常識を伴つて確立した日本の『私小説』が、『小説』としてはかなり特殊なものであることは否めない[22]」、「私小説といふのは『徒然草』とか『奥の細道』とか、さういふ系統のものだと思ふね[23]」、「蜻蛉日記や和泉式部日記のやうな平安朝の文学は、日記であるよりは思ひ出の記や、身辺雑記風の叙情文学であるから、『私小説』に似たふしもある[24]」などの言葉が、それに当たる。これらの議論はいずれも、私小説の文学形式に着目し、作者の身辺雑記と主観のみに叙述を限定している点、物語文学に見られるようなプロットが不在である点を指摘した上で、『蜻蛉日記』、『和泉式部日記』、『徒然草』、『奥の細道』などの日記文学、随筆文学との共通項を浮かび上がらせ、私小説を日本の伝統の流れを汲むものとして、位置づけている。

第二は、第一の方法とは異なり、むしろ、私小説に叙述された内容、つまり、そこに描かれた「私」が、〈日本的〉であると指摘する議論である。「西洋の逞しい近代精神から出発したものが、しつかりと地についた足を誇りとしながら辿りついたところは、まことに東洋的な、日本的な『私』であつた。ここに私小説作家の現実的凱歌と、理想的敗北がある。彼等のひらいた自我の内容は、伝統的自我の虚無性に達するほかなかつた[25]」、「私小説といふものは知性的なものではなくて、古い言葉で言ふと義理人情、さういふ日本の伝統の上に立つてゐるのぢやないんでせうか[26]」、「この二人（筆者注、正宗白鳥と徳田秋声を指す）の大家が、年をとつてから、故郷をなつかしむ心になるのを、私は羨ましくも思ひ、美しいとも感じた」、「『私小説』は、日本の近代文学の独特な文学であり、日本の近代文学の故郷のやうなものである」[27]などが、それである。虚無感、義理人情、望郷の念など、私小説に描かれた「私」の心境は、どれも、西洋の近代精神とは無縁な、〈日本的な私〉であり、だからこそ、私小説は日本の伝統の流れを汲むというのが、これらの議論の中心的なテーマになっている。

このような戦時下の私小説論議を踏まえて、これまで考察してきた、「私小説について」から「私小説論」に到る、小林秀雄の批評を見てみると、とくに後者、〈日本的な私〉を私小説に見る議論の起源に、小林の批評が位置していることが分かる。今日から見れば、戦時下の私小説論議は、「私小説論」を反転させる形で進行したと言えるだろう。浅野晃は「国民文学への道」[28]において、「文学者はもはや一個の国民いな臣民としてしか新生することができない」、「いままでの文学は市民文学であつて国民文学ではなかつた」と、昭和一五年、国民文学を提唱したが、私小説論議もまた、戦時下における国民精神総動員の流れに巻き込まれていく。小林が提示した封建主義的な〈私〉は、戦時下の私小説論議の中で、古代以来、日本文学に綿々と描かれ続けた〈日本的な私〉に変質化していくのだ。やがて消滅すべき宿命を内包する封建的残滓として、時間軸上の概念として提示された、私小説の〈私〉は、西洋対日本という図式のもとで、空間軸上の概念として変形化され、西洋的な〈私〉とは対立せしめられた〈日本固有の私〉として捉え直されていったのである。そして、私小説論議は日本文化、最終的には日本国民の実体化という戦時思想に間接的に貢献していくことになる。西洋的近代に対する日本の後進性についての劣等意識の裏返しとして、表象のレベルで西洋と日本を等価の関係に置こうとした同時代の思潮的傾向、だからこそ、西洋を対称的に参照することによって日本の人種、民族、国民的主体を確立しようとした同時代の思潮的傾向が、戦時下の私小説論議には見え隠れしている。

無論、私小説論議の戦時下における国民文学論への合流について、小林にその責を負わせることはできない。しかし、やがて消滅するものとして提示された「私の封建的残滓」が、戦時下という時代状況で、マルキシズムの認識論的布置が文壇から放逐された時、古代から綿々と受け継がれてきた〈日本的な私〉へと、反転されていったのも事実である。

そして、実は、それは小林自身にも指摘することができる。日支事変下で、小林もまた「私の封建的残滓」を空間的概念として捉え直し、日本人固有の国民的主体の姿を、様式性を伴った精神美として語り始めるのである。「私小説論」とは基本的に対立する立場へと、さらに自らの立脚点を、ずらしていくというのが、小林の時局に対する応答の形だった。次章においては、さらにこの問題について考えていくことにしよう。

【注】

（1）『文藝首都』昭和九（一九三四）・九

（2）「自然と不自然」『太陽』明治四一（一九〇八）・五

(3)『東京朝日新聞』大正六（一九一七）・一一―大正七（一九一六）・三
(4)博文館　大正六（一九一七）・六
(5)『新潮』昭和八（一九三三）・一二
(6)『文藝』昭和一三（一九三八）・九
(7)『天皇制国家の透視　日本資本主義論争Ⅰ』（社会評論社　平成二〈一九九〇〉・四）解説
(8)『日本資本主義発達史講座』第一部「明治維新史」岩波書店　昭和八（一九三三）・二
(9)『太陽』昭和二（一九二七）・一
(10)『労農』昭和二（一九二七）・創刊号　引用は(7)と同じ
(11)『文藝春秋』昭和八（一九三三）・五
(12)『日本浪漫派批判序説』未来社　昭和四〇（一九六五）・四
(13)『日本資本主義発達史講座』第二部「資本主義発達史」岩波書店　昭和八（一九三三）・二
(14)『新潮』昭和七（一九三二）・六
(15)『文藝春秋』昭和九（一九三四）・一
(16)「現代文明を評し、当来の新文明をトす」『中央公論』大正四（一九一五）・七
(17)「『紋章』と『風雨強かるべし』を読む」『改造』昭和九（一九三四）・一〇
(18)ジイド　川口篤訳『贋金つくり』岩波文庫
(19)『新小説』大正一三（一九二四）・一
(20)『文藝講座』大正一四（一九二五）・一、二　引用は(19)と同じ
(21)舟橋聖一「私小説とテーマ小説に就いて」『新潮』昭和一〇（一九三五）・一〇

(22) 伊藤整「私小説について」『現代文学』昭和一六（一九四一）・九
(23) 伊藤整他「座談会『私小説論』」『新潮』昭和一七（一九四二）・五
(24) 森山啓「和歌と小説」『新潮』昭和一九（一九四四）・三
(25) 豊田三郎「現実派と理想派」『新潮』昭和一二（一九三七）・三
(26) (23)と同じ
(27) 宇野浩二「『私小説』の伝統」『文藝』昭和一九（一九四四）・五
(28) 『新潮』昭和一五（一九四〇）・一一

補記　本書は拙著『森鷗外の歴史意識とその問題圏』第五章（晃洋書房　平成一四〈二〇〇二〉・二）を加筆・補正したものである。

第四章　美学イデオロギーの形成

事変の〈新しさ〉

日支事変は、昭和一二（一九三七）年七月、北京郊外の蘆溝橋で勃発した。軍事衝突自体は、小規模なものであり、現地交渉で片づく程度の局地紛争にすぎなかった。しかし、満州事変にひきつづく日本の華北進出をめぐって、紛争はやがて全面戦争へとエスカレートしていく。蒋介石が主戦場を華北から華中へ誘引するため、中央軍三個師団を上海地区に投入、兵力四〇〇〇名の日本海軍陸戦隊と対峙することになった。以後八年間にわたって、日中両国は、華北華中を主舞台として戦闘を繰り広げることになる。

当然のことながら当時のジャーナリズムもまた、日支事変を紙面で大きく取り上げ、多くの知識人、文学者が、日支事変観やそれが日本の政治・経済・文化に与える影響などについて、意見を寄せている。膨大な数になるので、文献の一つ一つを精査している余裕はないが、ほとんどの発言がおおむね、日本政府の見解に沿ったものになっている。

昭和一二（一九三七）年七月二八日、衆議院で近衛文麿は、小川郷太郎の質問に答えて、「我が国の支那に求むるところは領土に非ずして提携であります。提携といふことは日本の利益のために支那を犠牲にするといふことではなくして日支互いに平等の立場に立つて相互に相扶け、以て東洋文化の登場、東亜の興隆に貢献することである」と、答弁した。[1] 多くの知識人は、この近衛発言を事実として受け入れた上で、自らの意見を述べたものとなっている。言い換えるならば、彼らの関心は、日中が平等の立場に立って相互に扶助していこうとする日本側の誠意を、なぜ中国が理解できず、反日感情が激化していったのかという点に、集中しているとも言えよう。

数多く寄せられている意見は、国民党政府の狡知、あるいは、中国インテリの民族的自覚が、日本政府の誠意の正しい理解を阻んだというものである。「支那の民衆が、日本に対して強い敵愾心を持つてゐるといふ事実が、今度の事変によつて明白に発見された」、「しかし支那人の抗日意識は、今の所ではまだ学生やインテリ階級の一部に止まり、全面的ではないやうに思はれる」（萩原朔太郎「北支事變について」[2]）、「盲目的の抗日家が、冷静に自分の実力を、反省する余裕を、支那の民衆から奪ひ去つてしまつた」（阿部眞之助「最悪の場合」[3]）、「ひとへに国民政府が抗日教育を植ゑつけ、抗日感情を煽つた結果である」（山川均「支那軍の鬼畜性」[4]）、「私は此の事変に一つの道義的意義を承認するものである」（河合榮治郎「日支事変問題」[5]）などがそれである。山川均、河合榮治郎など、今日の常識からすれば、左派あるいはリベラル派に属するイメージの強い知識人すら、昭和一〇年代の段階では、近衛の日支事変観を踏まえつつ、中国のインテリなり国民党政府なりに対して批判的見解を語っている。そして、小林秀雄もまた、このような同時代の雰囲気の中で、時局に対して発言した文学者の一人だった。しかし、この時期の小林は、日支事変そのものに関心を示しているわけでも、日中の外交問題に関心を示しているわけでもない。文学者として、事変下の日本を見つめ、美の問題について思索をめぐらしている。戦後、坂口安吾は「通俗と変貌と」で、「いつたいこの戦争で、真実、内部からの変貌をとげた作家があつたであろうか。私の知る限りでは、ただ一人小林秀雄があるばかりだ。彼は別段、戦争に協力するような一行の煽動的な文章も書いてはいない。」「小林の魂は生長しつつあつたから、戦争の影響を受けて生長した。彼はたぶん、真実、愛国者であつたであろう。彼は戦争には協力しなかつたが、祖国の宿命には身を以て魂を以て協力した」と、証言している。(6) 本章では、日支事変から太平洋戦争に到る戦時下の時代状況が、小林秀雄にどのような影響を与え、彼の文学をどのようなところに導いていったか、考えていきたい。

昭和一四（一九三九）年七月、『新女苑』に発表された「事變と文學」で、小林は、日支事変について次のように語っている。

大切なのは事変が新しいものを外から齎した事ではない。既に日本人の裡にあつた美点や弱点を強い光の下に映し出した事にある。（中略）それとともに日本国民の勇気も忍耐も日本経済の真の実力も明るみに出たのである。

事変は、日本国民を見舞つた危機ではない。寧ろ歓迎すべき試練である。僕は非常時といふ言葉の濫用を好まぬ。困難な事態を、試練と受取るか災難と受取るかが、個人の生活ででも一生の別れ道とならう。

ここで小林は、「事変は、日本国民を見舞つた危機ではない。寧ろ歓迎すべき試練である」と語っている。別に小林は「持たざる国」である日本が日支事変をきっかけとして、欧米列強と肩を並べうるような富裕な国家へと飛躍できるのだから、今の試練は我慢せよ、と言っているわけではない。また、日支事変そのものに関して、分析なり意見なりを語っているわけでもない。小林の論点はあくまで、日支事変が当時の日本の文化状況にどのような影響をもたらしたのかにある。そして、彼が導き出した結論は、戦争そのものは災難に満ちたものであるが、文化の領域に限って言えば、試練の向こう側に歓迎すべき結果が待ち受けている、というものだった。それが小林の言う「事変の新しさ」である。小林は日支事変をきっかけとして、日本人が、自国の伝統の、今まで気づかなかった領域について自覚的になった、それは歓迎すべきことであると言っているのだ。

留意しなければならないのは、日支事変をきっかけとして、小林が発見した〈私〉が、民族的自我とでもいうべきものであった点である。〈私〉の内面ではなくて、共同体内で共有された〈私たち〉の内面を発見したと、小林は語っているのだ。ここには小林が、いわば〈精神への様式性〉へと傾斜していく様子が暗示されている。初期批評で繰り返し語られた、純粋持続としての内面世界は、その単独性や一回性が刻印されていた。そうである以上、本来ならば、他者と共有されることはないはずである。しかし、後にくわしく説明していくつもりだが、事変後の小林は、民族の叡智として、日本人は純粋持続の真理性を知っていると、語ることになる。単独性を知悉する日本的自我は、そうであるがゆえに、メタ・レヴェルに属する、不変的な存在様式であると、語り始めるのである。

それはともかくとして、このような小林の見解が、三木清の時局分析と交錯しているのは間違いない。日支事変勃発直後、三木清もまた「日本の現實」(7)で、「支那事変を契機に我々の前に与へられてゐるのは確かに新しい現実であり、新しい課題である」と、それまで日本が経験しなかったような日支事変の「新しさ」について言及している。「日本の対支行動の目的は爾後における日支親善であり、東洋の平和であると云はれる。目的は確かにこれ以外にあり得ない」と述べ、近衛発言の時局観と歩調を整えつつ、三木の関心もまた、ではなぜ日本と中国が戦争状態になったのかという問題に、向けられる。三木に言わせれば、それは日本の思想上の貧困さがもたらした、ということになる。「日本の特殊性のみを力説することに努めてきた従来の日本精神」では「日支提携の基礎となり得るものではない」、したがって、今後、日本は「単なる善意としてのみではなく、『思想』として、支那人にはもとより世界すべての人に理解され得る体系として有しなければならない」、これが日支事変の「新しさ」、事変をきっかけとして明るみに出た日本の現状である。日支事変の「新しさ」を、事変が日本文化の現状を照射したところに求めている点で、三木と小林の分析は確かに一致している。

二人の決定的な違いは、三木が新たな日本文化の構築、つまり「日支提携」の基盤となるような新たな思想、歴史観の構築に向かったのに対して、小林の場合、文化の構築という営みそのものに懐疑の眼を向け、日本の民衆がその生き方の内に体現するような、日本的伝統の発見に向かったところにある。言い換えれば、三木の言う事変の「新しさ」が、日本文化が抱える瑕瑾の発見であったのに対して、小林の言う新しさとは、日本人、あるいは日本文化が内包する美質の発見であった、ということになるだろう。

まずは、その後の三木の動向から確認しておきたい。先ほど言及した三木の「日本の現實」は、近衛文麿のブレーン団体だった昭和研究会に大きなインパクトを与えることになる。酒井三郎の回想によれば、三木の「日本の現實」をたまたま眼にした酒井が、昭和研究会が毎月一回七日に開いていた「七日会」で三木の話を聞くことを提案する。「七日会」での三木の講演は、世界が現在リベラリズム・ファシズム・コミュニズム三者の対立抗争の中にある、日本の世界史的使命は、リベラリズム・ファシズムを止揚し、コミュニズムに対抗する根本理念を打ち立て、資本主義社会を是正し、資本主義的な植民地侵略を回避し、もって東亜の統一を目指すものでなければならない、といった内容だった。日支事変について何ら出口も目標も見出だせないまま混迷の中にあった昭和研究会のメンバーは、その講演に大きな感銘を受け、三木の提言通り、昭和研究会内に文化研究会を設け、その幹事として三木を迎えることになる。(8)

文化研究会の成果は、幹事であった三木が、研究会内での議論を踏まえて、「新日本の思想原理」（昭和研究会　昭和一四〈一九三九〉・一）、「新日本の思想原理続編―協同主義の哲学的基礎」（昭和研究会　昭和一四〈一九三九〉・九）二編を執筆する形で、やがて公にされる。これらの論文で三木はまず、日支事変の意義を「時間的には資本主義の問題の解決、空間的には東亜の統一」にあると分析する。そして、「東亜協同体が日本の指導のもとに形成される」ためには「今時の事変に対する道義的使命」の自覚が重要であり、日本は、偏狭な日本主義に代表されるような民族的エゴイズムに陥ることなく、「新しい原理による新しい文化を創造することによつて初めて真に指導的になり得る」と提言している。

日支事変をきっかけとした、以上のような三木の動向に対して、小林が懐疑的であったのは間違いない。「今日の東亜協同体論といふものが、どれも申し合はせた様に、書物から学んだ知識で、歴史の合理化、つまり話の辻褄を合はせる仕事をやつてゐる。辻褄は中国人も別様に合はせるだらう(9)」、「僕は、東亜協同体論といふものを、無論、幾つも読まされたが、どれも詰まらないと思つた(10)」などの言葉が、その証左となる。小林は三木そのものを名指ししているわけではないが、この時期の東亜協同体論の代表的論格が三木の主張であったことを考えてみれば、小林の批判の対象の圏内に、当然三木もまた入ってくるはずである。

「辻褄は中国人も別様に合はせるだらう」という言葉からも分かるように、日支事変に世界史的な意義や目的を持たせようとする三木らの東亜協同体論に対する小林の批判は、東亜共栄圏という思想そのものが、しょせんは解釈に過ぎず、いかようにも意味づけできるものであり、歴史そのものに根を持つものではない、というものだった。たしかに、三木らの主張は、主観的には善意であったとしても、今日から見れば、結果的に、ナショナル・インタレストを追求する当時の日本政府（あるいは、軍部の独走）を道義的に粉飾しているに過ぎない、とも言えよう。「軍人や政治家が、僕等より真相を知つてゐると言へるか。彼等も僕等も、事変といふ謎からは、同じ距離にゐるのだ[11]」、「彼等（筆者注、「スターリンやヒットラア」を指す）に必要なものは、勿論、イデオロギイよりも、物の真相であり、そしてその真相といふものが、手がつけられぬ複雑怪奇な様で動いてゐる事は一番知つてゐるのも彼等の筈だらう[12]」、「人間は世界史などといふものを、本当に了解した例しはなかつたし、将来も絶対にないのである[13]」。このように、小林は日支事変、さらには歴史の動きについて、その原因や目的、意義、価値、将来の行方など、分かるものではないと、繰り返し主張している。小林に言わせれば、事変も含めた大きな社会の動き、すなわち歴史とは、謎に満ちた複雑怪奇な、なにものかであり、人智の及ばぬものである、ということになる。

人生を左右するだけではなく、時によっては生死すら支配するような、それでいて、とらえどころがなく、人智によって行方を左右することなど不可能な歴史の動き、そのような歴史に巻き込まれていく時、人はどんな態度をもって臨むべきか。小林の関心は、むしろ、ここにある。

刻々に変る歴史の流れを虚心に受け納れて、その歴史のなかに已れの顔を見るといふのが正しいのである。日本の歴史が今こんな形になつて皆が心配してゐる。さういふ時、果して日本は正義の戦をしてゐるかといふ様な考へを抱く者は歴史について何事も知らぬ人であります。歴史を審判する歴史から離れた正義とは一体何ですか。空想の生んだ鬼でありま す(14)。

意味づけも解釈も価値づけも拒否するような複雑怪奇な時代の動きが歴史であるとするならば、人はそれについて、正邪など論じようがない。小林に言わせれば、そのような言動は「空想の生んだ鬼」であり、歴史に関して無知であるがゆえになせる技である。人は、その善悪を問わず、すべてを受け容れて、歴史の流れに身をゆだね、その過程で、今まで気づかなかったような自分の姿を発見していくしかない。これが、小林の語る、歴史を前にした人間のあるべき姿である。

さらに小林は、以上のような歴史に対する姿勢を、日本人は伝統文化を継承していく中で体得しており、これこそが日本国民の美質であり、この美質を日本人は日支事変をきっかけとして、自覚するところになったと、語り始める。「事変はいよいよ拡大し、国民の一致団結は少しも乱れない。この団結を支へてゐるのは一体どの様な智慧なのか。」「長い而もまことに複雑な単純な伝統を爛熟させて来て、これを明治以降の急激な西洋文化の影響の下に鍛錬したところの一種異様な聡明さなのだ」、「この事変に日本国民は黙つて処したのである。これが今度の事変の最大特徴だ[15]」という言葉がそれである。ここで登場する、「黙つて処した」日本国民の姿は、思想家や「事変とともに輩出したデマゴオグ達」と対比して語られている。日支事変について、その歴史的意義を語る歴史家や、民族主義的なエゴイズムやナルシシズムを振りまく「デマゴオグ達」の愚かな言動と比べて、伝統に裏打ちされた歴史に関する叡智を体得している日本国民は、日支事変を黙って受け容れた。これが事変をきっかけとして小林が発見した、民衆あるいは「伝統」の美質だったのだ。

意外なのは、このような小林の発言が、ドストエフスキーの戦争観の、間接的引用になっていることである。事変勃発の約一年前に当たる、昭和一一（一九三六）年九月、『文學界』に発表された「ドストエフスキイの生活」9には、ドストエフスキーの、次のような手紙の一節が引用されている。

「我々自身にもこの戦争は必要である。（中略）我々は自分等の身を思つて奮起するのだ。救ひのない腐敗と窒息する精神の裡に坐して僕等が喘いでゐる、この空気を戦争は清めてくれるだらう（中略）人間を獣にし残酷にするのは、戦争ではなく寧ろ平和、長い平和だ。長い平和は常に残酷と卑怯、飽く事を知らぬ利己主義を生む。就中、知識の停滞を齎す事甚しい。長い平和が肥やすものは投機師だけである」

（一八七七年、四月「作家の日記」）

さらに、小林は、たとえそれとは矛盾する言葉を別の箇所で記していたとしても、このような戦争観をドストエフスキーは「深く意識して」いたと語る。

ここで語られたドストエフスキーの戦争観とは、一言で言ってしまえば、戦争がもたらす魂の浄化を歓迎する立場である。平和の中にあって人間はそれぞれが個人的利益のみを追求し、誰もが獣か投機師のように残忍な利己主義者と化していく。戦争こそが人間を利己主義と精神の腐敗から救済する。戦争とは、個人的欲望や利己主義を超克していくためのきっかけを人間に与える、その意味において歓迎すべきものである。これがドストエフスキーの戦争観である。

実際、ドストエフスキーの「作家の日記」一八七七年四月を読むと、小林が紹介している以外にも、一八七七年のトルコとの開戦に際して、教会に集まって十字を切り、開戦を祝い合い、キリストに奉仕するため自らすすんで戦争に参加するロシア民衆の姿を賞賛する言葉が、無数にちりばめられている。さらにここでドストエフスキーは、人類愛を唱え戦争に反対する、西欧文化に通じたインテリゲンジャに対して、「賢人どもはまだ依然として民衆に冷笑をあびせつづけている」、「彼はいたるところに見られる全体的な国民感情と彼らとの断絶を、どのように、またなにによって弁明するのか」と、民衆の感情と乖離したインテリ層を、繰り返し批判している。ドストエフスキーにとって、民衆を嘲笑し、戦争に反対する知識層の態度こそが腐敗や堕落を意味していた。キリストへの奉仕のために、自ら進んで戦場に向かうロシアの民衆こそが真理の体現者だったのだ。そして、インテリ階級の腐敗がロシアの民衆に何の影響ももたらさなかったことを、戦争が明らかにしたと、ドストエフスキーは語る。戦争が「国民の一糸乱れぬ統一性とわれわれの新鮮さを、そしてまたわが国の賢人たちを腐敗させた堕落頽廃がいかにわが国民の力とは無縁なものであるかを示した」という言葉がそれである。[16]この言葉は、先ほど引用した小林の「事変はいよいよ拡大し、国民の一致団結は少しも乱れない。この団結を支えてゐるのは一体どの様な智慧なのか」という言葉と、内容としてほぼ一致している。小林もまた、歴史に処する叡智を発揮し、勇気や忍耐といった「伝統的精神」を発揮するきっかけになったと、日支事変を肯定的に受けとめていた。戦争をきっかけとした〈魂の浄化〉を歓迎している点で、「ドストエフスキイの生活」で語られた戦争観と小林の日支事変に対する態度は、ほとんど同じである。

付け加えると、事変をきっかけにして明らかになった日本国民の気質という点のみに関して言えば、三木清の分析は、小林と比べて、きわめて悲観的である。「國民性の改造」[17]で、三木は、大陸で活動する日本人の中国人に対する態度を指して、「侮日抗日思想を根絶し得るのかと危ぶまれる有様である」、「国内では優秀な人物と認められてゐる者も、支那へ行つてはいはゆる旅の恥はかき捨てといつた行動に出て、みづから怪しむところがない」と、警告を発している。もちろん、このような三木の現状認識は、日中が平等の立場に立つ東亜の統一という理念を実現していくにあたって、大陸で直接、中国人に接する日本人の態度が、その理念にあまりにも程遠く、このままでは、事変の大儀を失う結果になるという彼の危機意識に、源を発している。そして、三木はこのような日本人の中国人蔑視の原因を、日本の民族主義の独善性に求める。「今日我が国では日本民族の特殊性といふことが頻りにいはれている」、「もし民族主義が自己のみを絶対化して他の民族主義を認めないといふのであれば、それは帝国主義である」、「しかるにいま支那を視て感じることは、やはり支那の伝統と独自性とを顧ることが足らず、日本的なものを押し付けようとすることがあまりに多いといふことである」、これが三木が見た日中関係の現実だった。日本政府が掲げる東亜の統一という事変の大儀を信じつつも、実際の現場では、日本国民が民族主義的な独善性に捕らわれてしまっていると、三木は警告を発する。近衛声明をそのまま鵜呑みにしている点に関して、一時、判断を留保すれば、彼の認識は日本国民に対する絶望で塗り固められていると言っていい。小林と比べてきわめて悲観的、あるいは現実的である。

戦記文学への関心

そして、今日から見れば、きわめて楽天的にも見える、日本国民や日本の伝統的精神に寄せる全幅の信頼を動機の一半として、小林は、日支事変を題材とした戦記ルポルタージュ、あるいは戦記文学について、好意的な批評を、さかんに執筆することになる。

ちなみに、この時期、小林が言及している戦記文学をならべてみると、須藤航空兵曹『祖国の母に寄せし戦ふ若き荒鷲の手紙』、大嶽康子『病院船』、日比野士朗『呉淞クリーク』、火野葦平『麥と兵隊』、菊池寛『昭和の軍神　西住戦車隊長』、山口辰雄『はりがね―通信隊戦記』、太田慶一『太田伍長の陣中日記』、寶鏡晃『歸還者は叫ぶ』、佐藤観次郎『自動車部隊』、岩井節子『母の従軍』と、一〇作品に及ぶ。すべてに対して小林は好意的な感想を述べているのだが、「体験者だけが持つてゐる、人に伝へるのに非常に困難な或る真実こそ、あらゆる戦争文学の種だ(18)」と自ら語るように、興味深いのは、これらの手記あるいは作品のほとんどが、実際に日支事変に従軍した書き手の実体験が題材になっているか、あるいは、直接、参戦しないにしても、参戦した人物からの聞き書き、ルポルタージュの体裁を採っているところだ。

この点に関しては、菊池寛の『昭和の軍神　西住戦車隊長』もまた例外ではない。一読して分かるように、西住小次郎陸軍大尉は実在の人物であり、しかも、作品のほとんどが、生前の知人、友人、上司、部下の聞き書きや手記から成り立っている。菊池寛が小説らしくなるように、事実を取捨選択し、プロットを形成しようとした跡は見られない。日支事変をきっかけとして明るみに出た（と、小林が信じる）日本国民の伝統的精神を、実際に参戦した人々の生の声から感じ取ろうとする小林の姿勢が、浮かび上がってくる。

すべての戦記文学批評を扱う余裕はないので、ここではとくに言及が多い『麦と兵隊』評に限定して、検討してみたい。小林は『麦と兵隊』について「事変以来、幾多の従軍記が現はれたが、この従軍記が一つずば抜けている」と絶賛している。[19]

火野葦平は昭和一三年二月、『糞尿譚』で第六回芥川賞を受賞するが、受賞発表時、火野は無名の一兵士として上海にいた。そこで、賞を手渡すために文藝春秋社から記者として派遣されたのが、小林秀雄である。火野は『麦と兵隊』[20]において、上海での小林との邂逅を「私は、ふと上海で、小林秀雄君が来た時、戦争と宗教と戦争心理学とまごころとの話をしたことを思ひだした」と、回想している。

一方、二人の邂逅の際、とくに小林の印象に残ったのは、火野の「戦争心理学」であったようである。小林は「杭州」[21]で、二人の会話の様子を、「杭州湾の敵前上陸で」「上陸地点を示す信号燈を睨んで息を呑んだその時までは、恐怖の心に見舞はれたが、その時を限つて戦のなかに飛び込んだ時後は、恐怖といふものは一切覚えなかつた。今から思へば、死ななかつたのが不思議な様な眼に屢々会つたが、さういふ場合でもまるで平気だつた」、「まあこれはほんの一例だがの、と彼は微笑した」と、回想している。宗教の話でもまごころの話でもなく、戦闘直前まで脳裏を閉めていた恐怖心が、戦闘が開始されると雲散し、死を意識することが無くなる、そのような火野が語った戦場心理に、小林は関心を示している。

小林が「死を覚悟した孫圩での一日の日記は力強い名文である」と、とくに高く評価するのは、『麦と兵隊』の五月一六日の記述、芥川賞受賞後、陸軍報道部員として前線を見て回る際に遭遇した孫圩での戦闘を記した場面である。当初は報道部員として観戦していたが、日本軍の苦戦を眼にして、自らも参戦しようとする火野の様子が、ここには語られている。たとえば、「私は、突撃が始まつたら私に続いて突撃するのだと、兵隊に云つた、私は分隊長のやうな気持になつて来た」、「私は祖国といふ言葉が熱いもののやうに胸いつぱいに拡がつて来るのを感じた。突撃は決行せられず、時間ばかり流れた。私は死にたくないと思つた」という言葉がそれである。

この場面について小林は、「全力を挙げて勇敢なる兵隊たらんとする自分を、全力を挙げて冷静に観察せんとするもう一つの自分がある。その緊迫した有様は異様な美しさを以て読者に迫る」と、語っている。ここで語られた「勇敢なる兵隊たらんとする自分」とは、日常では死を恐怖の対象として捉える火野が、目の前で国籍を分ける人間同士が実際に戦闘を繰り広げ始めた時、「祖国」の価値の前に、自らの命を微小なものと感じ始める姿である。戦闘状態という具体的な自らの生命の危機状態にあって、人は死を恐怖し自らの命を惜しむのではなく、むしろ逆に死を受け容れ、自らの生命を無価値なものに感じ始める。「戦争体験が人間をどの様に鍛錬するかが手にとる様に分かる」と語る[23]小林にとって、その姿こそが、戦争体験が鍛錬する人格美、精神美を意味している。ドストエフスキーが言う、戦争がもたらす「利己主義」の超克を、小林は日支事変を通じて、戦闘下の心理として発見することになるのだ。

また、『麦と兵隊』については、「事變と文學」[24]でも、次のように語られている。

「麥と兵隊」には、別に新しい見方とか意見とかがあるわけではない。こゝに盛られた精神は寧ろ古い、僕等日本人に大変親しい昔ながらの精神だ。僕等日本人が肉体によつて、それと理解してゐる伝統的な精神がこの作には生かされてゐる。この精神は何々主義といふ様な名目によつて概念化され宣伝されてゐる様なイデオロギイではない。それは誰の心にも共感を起させる或る生きた民族の気質である。

小林は、『麥と兵隊』で語られた戦場心理を、「僕等日本人が肉体によつて、それと理解してゐる伝統的な精神」、「概念化され宣伝されてゐる様なイデオロギイではな」く「誰の心にも共感を起させる或る生きた民族の気質」と、語っている。同様のことを、小林は「疑惑Ⅱ」でも、菊池寛『昭和の軍神　西住戦車隊長伝』に言及して、「今日わが国を見舞つてゐる危機の為に、実際に国民の為に戦つてゐる人々の思想は、西住戦車隊長の抱いてゐる様な単純率直な、インテリゲンジャがその古さに堪へぬ様な、一と口に言へば大和魂といふ」「思想に他ならないのではないか[25]」と語っている。

たしかに、『麦と兵隊』や『昭和の軍神　西住戦車隊長伝』は、形式上、ルポルタージュの体裁が採られていて、露骨な国民教化の姿勢は伺われないし、理想的な日本人の姿という観念に向かって、兵士が、個人的欲望との葛藤の中で、投企していく様が描かれているわけでもない。むしろ逆である。『麦と兵隊』には、非戦闘状態では、反省的思考の中で、生命の危機感にとらわれながら、実際に戦闘状態になると祖国愛の前に、死への恐怖が消滅していく戦場心理が、描かれている。その意味で、『麦と兵隊』の認識の布置では、個人的欲望こそが理性や知性、反省的思考の側に属しており、死への恐怖を超克して祖国愛に生きるような生存のあり方が、むしろ即自的な実存様式、無意識領域に内属する〈ほんものの私〉の側に属している。このような認識の布置を前提として、ではなぜ小林は、日支事変に参戦する火野をはじめとする日本軍兵士は、国家によるイデオロギー教化とは無縁なまま、祖国愛に殉じることができるのかと問いかけ、その答えとして、「伝統的な精神」「民族の気質」を導き出すのである。

たとえば同時期、片岡鐵平は、「現下の日を支持するためには、今日大衆の中に生成してゐる国家主義的心的動機を追及し表現するのが文学者の道である。」「たとへば、物質の需給の統制で、生活がいろいろ不便になるが、その不便を苦しむ中に、個人の欲望を超えた喜びがある。さういふ心的動機を肉づけ、リアルに描く[26]」と語っている。個人的欲望を道義的に否定し、個人の生命を脅かすような状況を、苦痛としてではなく、むしろそこに生の充実感や喜びを感じる、戦時下の日本国民の心性に

〈ほんものの私〉を求めようとしている点で、小林の姿勢とほぼ一致している。ただし、小林の関心は、銃後で苦労する民衆だけではなく、非インテリ層に属するような平均的な日本の民衆全体、民族の無意識的な自我に向けられている。そして何よりも決定的に異なるのは、片岡が、国民をして不便を喜びと感じるよう〈教化〉するところに文学の使命を求めている、つまり、目の前に存在する国民は不便を不便と感じていると見なしているに対し、小林は、従軍する無名の兵士たちは、すでに個人的欲望を超克しており、「伝統的な精神」を体現していると見なしているところにある。小林にとって「民族の気質」は教化するものではない。日本国民であるなら誰もが無意識の領域に内包しているものである。

国民的心性に対する信頼

昭和一二（一九三七）年五月、雑誌『自由』に発表された「文化と文體」では、「なるほど西洋から学んだ階級対立の思想は、理論的には大変明瞭なものであつたが、近代的階級対立の伝統は、民衆の実生活の意識の上では薄弱な、曖昧なものであった」という言葉が見られる。知識層と民衆との乖離をマルキシズムの問題に引きつけ、民衆の実感が伴わない階級観念の虚妄性を語っているわけだが、ここからも小林の民衆や伝統へ傾斜していく兆候が、日支事変勃発以前の段階ですでに（のちに詳しく論じるつもりであるが、おそらくドストエフスキーの影響の下で）、始まっていることが分かる。

さて、この時期、小林の民族観、あるいは伝統観に対して批判を展開したのが、戸坂潤である。戸坂は「日本主義の文学化」[27]で、「日本の現実における階級対立、経済上・政治上・社会上・また文化上の階級対立、これを口の先で抹殺しよう」とするのが、「文学的日本主義」であり、その代表が小林秀雄だと、非難した。戸坂に言わせれば、小林は階級対立という日々の現実など考えてみようともせず、それどころか、そのような現実に対する無知あるいは無視に身を置くことによってのみ、民衆を理解できると信じている、「小林氏のようなタイプに愛される『民衆』を私は喪心から気の毒に思わざるを得ない」、「民衆は伝統に甘んじているのではなくて、経済上甘んぜざるを得ないのだ」。戸坂による小林批判は、このようなものである。戸坂の場合、日本の民衆の内に民族的特殊性、つまり、「伝統」的心性の存在を認めつつも、それは決して歓迎すべきことではなく、被搾取階級に属する現実生活を糊塗してしまうようなイデオロギーに取り巻かれて生きているに過ぎないと、分析している。

一方、小林の立場に立てば、日本の民族的特殊性を主張する側にも、否定する側にも批判的であり、どちらも観念であり、イデオロギーに過ぎない、ということになる。

一流批評家が、日本主義といふ言葉を寄つてたかつて弄くり廻した。一体日本主義なるものは、これを実証的に考へてみて、成り立つものかどうかを論じて、実証精神のあるところを見せた一派と、これを理論的に考へれば、この様なものでなければならぬ筈のものだと論じて、哲学精神のある処を見せた一派とがあつただけなのである。この種の論争は、実際にある文化の姿を明かすよりも寧ろ覆ひかくす。[28]

このような小林の論理を敷衍していけば、日本の文化を覆い隠すのはむしろ戸坂潤の方である、ということになるだろう。戸坂は『日本イデオロギー論』[29]において、「文献学主義は容易に復古主義へ行くことが出来る。復古主義とは」「古代的範疇を用いることによって、現代社会の現実の姿を歪曲して解釈して見せる手段のことだ」と、日本精神の存在が実証的に証明できないことを、語っている。

小林の場合、伝統なるものを、「歴史の流れが作る現実の様式」、「生活に即して考へる唯一の道」[30]、つまり、長年の歴史のなかで形成されてきた、生活に密着した、民族固有の心性、行動原理、死生観の総体として理解している。一方、戸坂の場合、「伝統」を、非搾取階級が直面する貧困や社会的な矛盾を覆い隠すために支配階級によって擦り込まれたイデオロギーとして捉えている。小林の側から見れば、戸坂の議論は伝統を信じる民衆の心性を無視しているように見えたであろうし、戸坂から見れば、民衆が置かれている社会的な現実について、小林があまりにも無知であるように見えただろう。言い換えるならば、無数の偶然性によって形成される歴史や社会の複雑怪奇な動きを、人間が理解できるはずもなく、内面のみが私たちにとって自明なものでありうるという小林の文学的な立場と、マルキシズムという明確な社会認識・歴史認識を拠り所として、人間の内面世界こそ虚構であると見なして退ける戸坂の社会科学的な立場が、きわだった形で対立している、ということになる。このような戸坂との対比から浮かび上がってくるものは、小林による民衆の心性に対する絶対的な信頼だが、実は、ここにもドストエフスキーの影が見え隠れしている。

よく知られるように、いわゆるペトラシェフスキー事件で、思想犯として逮捕され、死刑を宣告され、刑場での刑執行の直前に「恩赦」によって、シベリア流刑を言い渡されたドストエフスキーは、一八四九年一二月ペテルブルグを発ち、以後四年間、徒刑囚としてオムスク要塞監獄で過ごすことになる。「ドストエフスキイの生活」3[31]で、小林は、「泥棒相手の四年間の牢中生活でさへ、結局人間を発見するといふ事で終つたのです。貴方は信じられるだらうか。こゝには強い、美しい性格を持つた人々がゐるのだ。粗悪な地殻の下にかくれた黄金を見附ける事は実に楽しいものです」というドストエフスキーの獄中からの手紙を引用しつつ、「後年のドストエフスキイの民衆に対する殆ど神秘的な信仰の種は、たしかにオムスクの監獄に播かれてゐた」と語る。インテリゲンジャとして民衆と接点を持つことがなかったドストエフスキーは、オムスクの流刑地で、はじめて民衆に、しかも、社会の最下層に生きる徒刑囚に出会う。小林に言わせれば、ドストエフスキーがそこで発見したものとは、知性とも教養ともまったく無縁であるはずの、ロシアの民衆が所持する人格的な美しさだった。

そして、小林は後年のドストエフスキーの民衆崇拝を次のように分析する。

「作家の日記」に至つて、彼の民衆理想化は、純然たる民衆崇拝に達した。即ち、既に「悪霊」のうちに暗示された民衆と宗教との同一性が、こゝに全幅の発展を見たのである。

彼の民衆崇拝に、久しい以前から附き纏つてゐた主題は、ロシヤと西欧との対立であつた。（中略）彼に依れば、個人主義、利己主義、唯物論、無政府主義、カソリック教はヨオロッパの象徴であり、一方正教、同胞愛、キリストはロシヤの真髄である。この対立は、ロシヤ国内では、西欧化されたインテリゲンチャとロシヤの伝統を守つてゐる農民との対立に移された。(32)

ここで語られている問題は、一言で言ってしまえば、西欧列強と比べて近代化に遅れた後発国で、民衆はどのような位置を占めるのか、という問題だろう。知識人はもちろん、政治経済上の近代化を推し進める為政者もまた、西欧文明の側に属している。とするならば、もはや〈伝統〉は民衆の中にしか受け継がれてはいない。ドストエフスキーにとって、ロシヤ国内の知識層や為政者と、民衆との心性の乖離は、実は西欧文明と自国の伝統との対立でもあった、と小林は分析する。そして、小林もまた、ドストエフスキーの民衆観と交錯する形で、日支事変に対する発言を繰り返すのだ。

「軍人も政治家も学者も、日本人の美質について、一所懸命語つてゐるわけだが、残念な事には現代日本人の美質なるものは、彼等の紋切り型の表現には、到底手に負えぬ微妙なものになつてゐる」(33)と語る小林にとって、「伝統的な精神」とは、知識人や為政者が議論するものでも、教化するものでもなく、民衆がそれを生きるものだった。小林が日支事変下で目撃した（あるいは、そう信じた）ものは、為政者や知識層が鼓舞するイデオロギーとはまったく無縁な民衆の姿、日常においては死への恐怖に支配されながら、事変に「黙つて処し」、戦闘場面においては死への恐怖を克服して、平然と危機に身をさらすような「民族の精神」だったのである。

これまで述べてきた内容からすれば、いささか矛盾するようにも感じるかもしれないが、誤解がないよう付け加えておくと、小林は、戦争そのものを歓迎しているわけでも賛美しているわけでもない。小林の時局に対する発言が、つねに事変下の民衆への関心を起点として発せられていること、戦記文学への批評についても、プロの小説家の手になるものではなく、実際に参戦した無名の民衆によって執筆されたルポルタージュに集中していることを、想起すべきだろう。ドストエフスキーの民衆観・戦争観を媒介として日支事変を眺める小林は、困窮に堪え死地に赴く民衆に、「伝統的な精神」の存在を、予感する。その人格美を、小林は、文学者として信じようとしているのだ。坂口安吾が言うように、別に小林は「戦争に協力するような一行の煽動的な文章も書いてはいない」。小林は戦時下の民衆の姿に、「伝統的な精神」が放つ、エゴイズムやニヒリズムを超克していく、様式的な精神美を発見し、これを称揚していると、見るべきである。小林は、あくまで美の問題を中心にすえて、発言を繰り返している。

したがって、これを批判しようとすれば、図式的な議論を回避しつつ、美と国家の問題にまでさかのぼって検討を加えなければ、その批判も的を得たものとはなりえないはずである。

歴史の単独性

これまで述べてきたように、日支事変の勃発をきっかけとして、小林は、時局が照射した「伝統的な精神」、あるいは、戦記文学への関心を持つに到ったわけだが、それだけにとどまらず、小林の関心は歴史と文学の問題にまで拡がっていく。

繰り返しになるが、小林の歴史への関心は、昭和一〇（一九三五）年五月から八月まで、雑誌『経済往来』に連載された「私小説論」を頂点とする、一連の私小説批評にまで、さかのぼることができる。ここで小林は、日本資本主義論争、とりわけ、封建遺制論争を手がかりとして、都市化が進行する一九三〇年代の日本社会で、なぜ、虚無感や望郷の念などの「私の封建的残滓」をテーマとする私小説が隆盛を極めたのかと、問いかけた。小林の結論は、「外的な経済的な事情によつて、社会の生活様式は急速に変化して行つたが、作家等の伝統的なものの考え方は容易に変る筈がなかつた」（「私小説論」）というものだった。資本主義経済の発達、都市化の進行によって、「封建的残滓」はやがて消滅していき「社会化した私」が、文学上の新たなテーマとして浮上するであろうという将来への見通しを持ちながら、小林は、政治や経済、それがもたらす生活環境の変化とは異なり、イデオロギーや心性の場合、たやすく変わるものではない、と考えたのである。ものの感じ方や生き方は、環境による影響にさらされる一方で、機械的に状況に合わせて変化していくものではない、人間の内部に「残滓」として止まり続ける、つまり、心性の変化と政治や経済上の変化の間には時間差がある、ここに、小林は一九三〇年代の私小説興隆の秘密を見ようとしたのである。このような見方が、猪俣津南雄の「吾々は封建的絶対主義の強き残存を認める。だがしかし、それは」「イデオロギーとしての残存であることを忘れてはならぬ」「物質的基盤を失つていることを忘れてはならぬ」(「現代ブルジョアの政治的位置」[34])という日本資本主義観とほぼ一致している。

以上のような日支事変勃発までの私小説批評と、これまで検討してきたような事変勃発以降の小林の言葉を比べてみると、次の二点で大きな変化を見せていることが分かる。

第一は、その伝統観が大きく変化していることだ。昭和一〇(一九三五)年までの私小説批評の段階においては、小林にとって、「伝統」とは「私の封建的残滓」に過ぎず、経済や政治、生活環境上の変化からはやや遅れるとは言え、やがてそれらに引きずられる形で、自らも姿を変えていく、あるいは消滅していくものだった。伝統とは、消滅すべき運命を背負いながらも、いまだ、その運命を完遂できずにいる「残滓」にすぎない。しかし、「ドストエフスキイの生活」執筆頃から伝統に関する肯定的な言葉が、相対的に増え始める。明瞭に、「伝統」そのもののとらえ方に関して変化を見せはじめるのは、事変以降である。民衆がそれを生きる「伝統的な精神」とは、政治や経済などによって変化をこうむるものではない、それは長年の複雑な過程を経て形成された生活原理であり、「伝統」

は時間を超越して、民衆の中に止まり続け、発揮され続ける、これが事変以降の小林の伝統についての考え方である。資本主義経済の発展過程という時間軸を、すっぽりとはずした上で、伝統を捉え直そうとする、事変以降の小林の変化を、ここに明瞭に見ることができる。

これと関連するが、第二の変化は、私小説批評の前提となっている社会科学的な歴史認識を、事変以降、小林が完全に切断してしまっていることである。封建遺制論争における講座派と労農派の争点は、一言で言ってしまえば、民衆がいまだ信奉する封建的な心性やイデオロギーをどう考えるかという問題だった。講座派が、明治以降の資本主義経済、政治体制の不徹底さ、その半封建的性格が、封建的心性を支えていると解釈したに対して、労農派は、経済、政治レベルの近代性を認めた上で、上部と下部の時間差に封建遺制がいまだ現存する原因を求めようとしている。この論争において対立しつつも両者に共有されている認識の布置とは、いわゆる上部構造論、経済上の変化、つまり資本主義経済の発展過程が政治そしてイデオロギーの変化をもたらすという考え方である。私小説批評の段階では、小林も、この認識の布置を共有しており、生活の変化による「私の封建的残滓」の消滅を、将来の展望として語っている。しかし、「ドストエフスキイの生活」執筆時より、社会科学的な歴史認識は生活者の実感から乖離しているという批判が徐々に目立ち始め、やがて、小林の歴史に対する見方は、私小説批評のそれとはまったく異なるものとして、その姿を見せ始める。そもそも経済上の発展に歴史上の変化の現実的要因を求めようとする姿勢そのものが、事変以降の小林にとって、歴史に対する無知のなせる技に過ぎない。「歴史的弁証法がどうの、現実の合理性がどうのと口ばかり達者になつて、たつた今の生活にどう処するかは無力である」、「こんな歴史といふ武器を遂にわれとわが胸に擬さざるを得ない様な人生観を抱いてよく人間が生きてゐられるものだ[35]」、「マルクスはイデオロギイといふものを、虚偽的なものだと絶対に考へなかつた。彼はたゞブルジョア・イデオロギイといふものが虚偽的であると言つただけだ」、その影響を被った「マルクス主義思想の弱点は」あらゆるイデオロギーを虚偽と見なす「唯物史観そのものの弱点にあつた[36]」、「唯物史観といふ魚は、近頃とんと釣れなくなつた様ですが、本当を言へば、そんな魚は、はじめからゐやしなかつたのだ。魚をいろいろ料理して、いろいろに味つた人間が、実際にゐただけである[37]」などの言葉が、小林の立場を明確に物語っている。日支事変に直面した小林にとっては、その原因や全体像をつかもうとすること自体が、ナンセンスな営みに過ぎない。

そして、小林の関心は、同時並行的に、では歴史とは何か、歴史と文学とはどのような関係にあるのかという問題に、拡大していくことになる。自らの生死すら支配されるような、時代の大きな変化に巻き込まれながらも、その原因も結果も価値も不透明なままである人間にとって、歴史とは何か、日支事変をきっかけとしてはじまる、小林の歴史をめぐる思索は、この問題を起点として、展開されている。

歴史観とか歴史の立場とか歴史の必然とかいふ言葉は、現代のインテリゲンチャにまことに親しいのだが、一方現代のインテリゲンチャほど歴史を知らぬものはないと菊池寛氏などがしきりに言ふ。（中略）元来一つのものでなければならぬ歴史解釈といふものと歴史感覚といふものとが、現代では分離してゐる事を示す。歴史観や歴史解釈には習熟はするが、歴史の現実的な力を鋭敏に感ずる皮膚は、全く不感症になつてゐる。(38)

どの様な史観であれ、本来史観といふものは、実物の歴史に推参する為の手段であり、道具である筈のものだが、この手段や道具が精緻になり万能になると、手段や道具が、当の歴史の様な顔をし出す。(39)

時代の流れとは無縁なところに打ち立てられたような、理論なり正義の体系（つまり「歴史解釈」や「史観」）など、小林にとっては、ただの観念であり、「空想の生んだ鬼」にすぎない。歴史そのものとは何の関わりもない。小林にとって歴史とは、得体の知れない時代の流れに否応なく巻き込まれていく人間の実感の中にしかない。「歴史解釈といふものと歴史感覚といふものとが、現代では分離してゐる」、「どの様な史観であれ、本来史観といふものは、実物の歴史に推参する為の手段であり、道具である」という言葉は、複雑怪奇な時代の流れに巻きこまれていく人間が、その中で感じる様々な感慨や、それを蓄積する形で形成されてきた民衆の歴史感覚を、〈歴史〉と呼ぼうとする小林の姿勢を、示唆している。

「新しい事件を古く解釈して安心しようとする。これは僕等がみんな知らず知らずのうちにやつてゐる処であります。事件の驚くべき新しさといふものの正体に眼を据ゑるのが恐いのである。」[40]という言葉には、歴史を概念化していくこと、あるいは何らかの概念によって解釈していくことに対する、小林の徹底した不信感が、表明されている。概念としての言葉によって歴史を整理してしまうこととは、事件一つ一つが内包する個別性を置き去りにしていくことを意味する。言い換えれば、本来、まったく別の出来事であるはずの二つの事件を同じ概念を用いて語ってしまった時、二つの事件は、解釈上、まったく同じものとして見なされることになってしまう。

たとえば、同じ時期、戸坂潤は、「評論が客観性を有ち、従って普遍性・科学性を有つためには」「印象が連絡せられる世界観・科学的世界観にまで整理統合されなくてはならない」[41]、「科学的理論の世界は、よく云はれる通り、概念の世界だ。すなわち理論的範疇の世界だ。と云うのは、必ずしも具体性を欠いた概括的な観念の世界だというのではない。凡ての理論は一体そもそも具体的でなくてはならぬ」、「之に反して文学的描写の世界は概念ではなくて文学的表象（文学的に主体化された観念）の世界だ」[42]と、語っている。現実的な表象とは現実そのものを抽象化した概念の側にこそある、したがって、戸坂にとっては、そのような諸概念によって編み上げられた体系的な世界観こそが、「科学的」妥当性を内包した現実的で客観的な知である。文学の諸表象は、個人の頭によぎった、きわめて主観的な空想にすぎず、そこには客観的な妥当性など存在しはしない。

このような戸坂のスタンスが小林のそれと好対照をなしていることは、もはや言うまでもない。小林の側からすれば、現実を抽象化していくような行為そのものが、それぞれの事件が内包する無数の偶然性によって織りなされた出来事そのものの複雑怪奇さ、得体の知れなさ、つまりその一回性を置き去りにするものであり、加えて、その事件に巻き込まれる形でしか生きざるをえないような人間の内面世界を置き去りにしていくものであった、ということになる。「歴史は断じて二度繰り返されるものではない」[43]、「歴史は繰返す、とは歴史家の好む比喩だが、一度起つて了つた事は、二度と取り返しが付かない」[44]、このように小林は繰り返し、歴史の一回性について言及している。

あるいはまた、「歴史と文學」[45]では、次のようにも語られている。

> 歴史は決して二度と繰り返しはしない。だからこそ僕等は過去を惜しむのである。歴史とは、人類の巨大な恨みに似てゐる。歴史を貫く筋金は、僕等の愛惜の念といふものであつて、決して因果の鎖といふ様なものではないと思ひます。それは、例へば、子供に死なれた母親は、子供の死といふ歴史事実に対し、どういふ風な態度をとるか、を考へてみれば、明らかな事でせう。母親にとつて、歴史事実とは、子供の死といふ出来事が、幾時、何処で、どういふ原因で、どんな

条件の下に起つたかといふ、単にそれだけのものではあるまい。

この文章について、柄谷行人は「小林秀雄は、ヘーゲル=マルクス主義的な歴史観に対して、『歴史とは死んだ子供に対する母親の愛惜によってである』という意味のことを言っている。たぶん彼がいいたかったのは、出来事を法則・構造（同一性）や理念（一般性）のなかでの特殊性として見るのではなく、単独性として見なければならないということだ」[46]と、論じている。歴史の流れに巻き込まれていく時、人はその生を左右され、時には生命すら奪われていく。逆から言えば、このような瞬間においてだけ、人は、人間の力によってはどう努力しても抗いがたいような、歴史という時代の非情な流れを実感する。歴史の流れが一回的なものでしかありえないのは、実は、それによって支配された生や奪われた命が、交換不可能なものであることに依拠している。子供の死という出来事を解釈し、その原因について法則化したところで、失われてしまった人生も死んでしまった子供の命も、取り返すことはできない。とするならば、科学的な歴史解釈は、母親の歴史に対する実感とはおよそほど遠いものでしかありえない。小林にとって、歴史をなんらかの概念によって抽象化すること自体、民衆の歴史感覚からの乖離、そして、概念を歴史そのものと錯覚してしまうような認識論的転倒に過ぎなかったわけである。

ただし、ここで、もうひと言、柄谷行人の指摘について述べておくと、おそらく、ここで柄谷は、死んだ子どもを追慕する母親が、当時の日本の民衆の比喩であること、子に対する哀惜の念が、「伝統的な精神」によって捉えられた、歴史感覚であることを、考慮の外に置いている。初期批評、私小説批評、事変以降の批評と、通時的に眺めてみると、このことははっきりとしてくるだろう。

たしかに、初期批評でも、純粋持続としての、不定形で流動的な個人の内面世界（小林の言う「宿命」）の単独性を、言語は実利的要求から切り捨てていくと、語っていた。ここだけを取り出してみると、一見、右の文章も、（「様々なる意匠」で言うところの）「宿命」として捉えられた歴史の姿のようにも見える。しかし、私小説批評では、内面世界の無軌道性そのものが、資本主義文明の錯乱を映し出す鏡として、批判的に捉え直されている。事変以降の歴史批評は、宿命あるいは単独性という美への志向と、様式性への傾斜の間に引き裂かれる小林が、両者を、いわば、二本の縄から一本の縄を作るように、編み上げていった結果、できあがった美学なのだ。民衆が無意識に生きる「伝統的な精神」は、克己心を核としている、だから、実利的欲望が求める歴史の抽象化や概念化とは無縁な場所で、歴史を一回的なものとして感じている。そう語る時、言語化以前の内面風景は、〈私〉の無意識領域に内属する民族的心性として、捉え直されている。事変以降の小林にとって、言語化以前の心象風景、無意識領域とは、〈私〉の実存的本質ではなく、〈私たち〉の実存的本質である。その結果、様式性が保証されることになる。言い換えるならば、右の文章では、柄谷の言う単独性が、個人の内面に喚起された歴史そのものではなく、そこから拡大して、民族の叡智、あるいは民族的心性によって捉えられた歴史の姿として、語られているのである。

無関心的態度と美学

ここで、小林の言う、歴史解釈、歴史の抽象化を歴史そのものと認めてしまうような「錯覚」について、ベルグソンを手がかりにして、もう一度考えてみたい。

> 歴史上の客観的事実といふ言葉の濫用は、僕等の日常経験のうちにある歴史に関する智慧から、知らず識らずのうちに、僕等を引離し、客観的歴史といふ一種異様な世界を徘徊させる。だが一見何も彼も明瞭なこの世界は、実は客観的といふ言葉の軽信或は過信の上に築かれてゐるに過ぎない。（中略）歴史は決して繰返しはしない。たゞどうにかして歴史から科学を作り上げようとする人間の一種の欲望が、歴史が繰り返して呉れたらどんなに好都合だらうかと望むに過ぎぬ。そして望むところを得たと信ずるのは人間の常である。(47)

この言葉の中で注目しなければならないのは、人間が歴史そのものを置き去りにして、歴史という観念に取り憑かれていく原因が、「人間の一種の欲望が、歴史が繰り返して呉れたらどんなに好都合だらうかと望むに過ぎぬ」と、説明されているところである。

実は、小林は同じ内容を『感想』[48]でも繰り返している。よく知られている通り、『感想』は、『物質と記憶』を中心にした小林のベルグソン論である。その内容は多岐に亘るが、とりあえず、小林の歴史意識の問題と関わる部分だけを取り出してみると、小林はベルグソンの言う「記憶」には、二種類のものがあると説明している。「第一のものは、記憶と呼ぶよりも寧ろ習慣と呼ぶべきもので、常に新しく始まる現在に於て演ぜられる」、「第二のものは、真の記憶で、場所も日付もはつきりした状態が、過ぎ行くにつれて、そのまゝ保存される」。ここで小林は、ベルグソンは過去の記憶を、場所も日付も明確な、単独性を帯びた一回的な記憶と、習慣、つまり、過去の体験を通じて習得された行動原理へと分割したと、説明している。両者の関係は、個体の欲望、小林の言葉で言えば「現在の実用的な功利的な意識」によって支配されている。「時間的に限られた過去の一切の出来事は、その細部に到るまで生きつゞけてゐる」にしても、その記憶は現在の生活に対処する、あるいは、何らかの身体動作を起こす上で、何の必要もない。したがって、「現在の実用的な功利的な意識」が意識の俎上に登ることを禁じるのだ。現在の〈私〉にとって必要なものは、一回的な過去の記憶の中でも「現在の態度に適合する形を持つた心像」だけである。しかも、それは習慣として想起される。言い換えれば、「現在の自覚に類似した表象」が選ばれ、その過去の記憶は単独性が抹消されて、抽象化された、あるいは、パターン化された概念、すなわち習慣的知覚として、思い起こされることになる。現在に適応するために過去の記憶を思い起こすわけであるから、両者の差異を抹消して、抽象化してしまわなければ、現時点における「実用的な功利的な」必要に資することはできない。「尋常な心理生活にあつては、私達の精神は、実生活上利益にならぬものからは眼を外らして、精神の視界を制限しようと絶えず努力してゐる」。

『物質と記憶』を一読すると、ベルグソンの記憶に関する議論を、ここで小林がほぼ正確に説明していることが分かる。ベルグソンは一回的な記憶を「純粋記憶」、現時点での身体運動に資するために想起される記憶を「記憶心像」と呼び、後者が前者を想起するのを妨げる理由を次のように説明する。「記憶心像」は「実際上の有用さの程度によって実在性の程度を測って」おり、「実用的行動」や「生活の基本的要求に答えるものである」、だから「生活の運動の延長にあって、真の認識に背を向ける」ことが必要になる、と言うのだ[49]。そして、ベルグソンは「記憶心像」を動物的な記憶、「純粋記憶」を人間特有のものとして、位置づける。

たんに純粋な現在に生き、刺激に対してその延長である直接的反作用によって反応することは、下等動物の特性である。こういうふうに対処する人は衝動の人だ。しかし、そのこと自体が楽しくて過去に生きる人、現状に益のない意識の光の記憶のもとで記憶が浮かんでくる人も、ほとんど同じく行動に適していない。この人は衝動の人ではなくて夢想家である[50]。

動物は現在の生活、現時点の状況にどう対応するかという「生活の基本的要求」の支配下においてのみ、記憶が機能しており、したがって、「記憶心像」以外のあり方は存在しない、一方、人間の場合、そのような個体の欲求から離れうる能力を持っており、したがって、実利性を離れた記憶、言い換えれば、習慣化、あるいは、抽象化される以前の、一回的な記憶、「純粋記憶」を思い起こすことも可能である、そうベルグソンは語っている。同様のことは、『感想』においても、「夢想家の観照的な記憶は、」「個別的なもの、個性的なものを、決して超えて進めまい。これに反し、行動家に現れる習慣的記憶は、過去のいろいろな状況のうちで、現在の状況に、実際上類似した側面だけに注意される」と語られているのだが、重要なのは、このような記憶のとらえ方が、「無常といふ事」[51]の次の言葉と、内容的に交錯している点である。

思ひ出が、僕等を一種の動物である事から救ふのだ。記憶するだけではいけないのだらう。思ひ出さなければいけないのだらう。多くの歴史家が一種の動物に止まるのは、頭を記憶で一杯にしてゐるので、心を虚しくして思ひ出す事が出来ないからではあるまいか。

上手に思ひ出す事は非常に難かしい。だが、それが、過去から未来に向つて飴の様に延びた時間といふ蒼ざめた思想（僕にはそれは現代に於ける最大の妄想と思はれるが）から逃れる唯一本当に有効なやり方の様に思へる。

この一文で語られた「思ひ出」は、ベルグソンの「純粋記憶」と、「記憶」は「記憶心像」と、ほぼ対応している。具体的な事例を抽象化し概念化していく「科学的な」歴史家を小林は「動物」と呼び、「動物」に堕していく原因を、「心を虚しくして思ひ出す事が出来ないから」であると、説明する。小林は、「実用的欲求」や個体の抱える生物的な欲望と、認知行為との連結を、切断しようとしているのだ。小林が批判する「過去から未来に向つて飴の様に延びた時間といふ蒼ざめた思想」とは、時間を量によって測定する、均質化された近代の科学的な時間意識である。これもまた、小林に言わせれば、それぞれの瞬間が抱える質を置き去りにしていく点で、生活上の便利性を追求した結果、発明されたフィクションにすぎず、時間そのものとは何の関係もない。

小林は、歴史は二度と繰り返さない、すべては単独性を帯びた一回的な出来事であり、古い知識によって、言い換えれば、過去の類似の出来事を抽象化した何らかの観念なり概念なりによって、理解できるものではない、日支事変も同様であると、再三語っていた。このような時局認識、そして、歴史についての言及が、ベルグソンの記憶に関する議論を歴史の問題へと拡大させた上で成立しているのは、もはや明らかである。原因や結果や意義が理解できたような気持ちになるのは、実用的要求や生理的欲望が希求する出来事の抽象化によって開発された何らかの観念によって、歴史を解釈しているからにすぎない。私小説批評の段階で一時、ベルグソンの影響圏の外の出た小林は、事変以降、ふたたびベルグソンに接近し始める。克己を核とする民族的心性を発見した小林は、それによって捉えられた歴史を、ベルグソンの言う純粋記憶のアナロジーとして、語るのである。

付け加えれば、実はベルグソン自身は個体の欲求や功利的欲望そのものを否定していないし、「夢想家」を理想的な実存様式とも位置づけてはいない。ベルグソンによれば、「動物」と「夢想家」という「両極端の間には、現状の輪郭を正しく追うには十分すなおで、しかも他のすべての呼びかけに抵抗するには十分強力な、記憶力のめぐまれた素質が位」しており、これこそが「良識」や「実際的な勘」の源である、人は現在の実用的関心にのみ心を奪われても、過去の一回的な記憶の中に埋没しても、正しい認識を得られるものではない、両者を縫合するような認識の中にこそ、真理も良識も生活上の叡智も宿っている。これがベルグソンの考え方である。一方、小林は、科学的な歴史認識を動物的行為と非難し、歴史の単独性、一回性のみを信じようとしている。小林は、単にベルグソンの記憶に関する議論を機械的に歴史の問題に当てはめているわけではない。その議論を踏まえて、時局下で発見した「伝統的な精神」と、「夢想家」であることを、積極的に結びつけている。ここに小林とベルグソンとの決定的な違いがある。

その原因はさまざま考えられるが、つまるところ、小林は文学者として、あるいは、美の鑑賞者として、歴史について、思索を巡らせ、ベルグソンを摂取していったということになるだろう。黙して事変に処し、個人的欲望を超えて祖国愛に殉じる民衆の姿を描いた戦記文学を、ドストエフスキーの民衆観、伝統観に倣って小林が評価する時、その立場は、利己的欲求からの超克をもって美と見なすような、カントに通じる美学的立場に立っている。カントは『判断力批判』において、美について「対象の実在（実際的存在）に結びつけるところの適意は関心と呼ばれる。それだからかかる適意は同時に欲求能力に関心する」、「いやしくも美に関する判断にいささかでも関心が混じるならば、その美学的判断は著しく不公平になり、決して純粋な趣味判断とは言えない[52]」と定義している。美とは利害＝関心的態度、すなわち功利的な欲求と決別することによって初めて成立するというのが、カントの美学である。小林の美学もまたこれと気脈を通じている。日支事変下における戦記文学の評価についても、戦闘下における死への恐怖を克服していく姿に功利性を超克していく伝統的精神を見、そこに美を感得している。実存様式においても歴史叙述の方法においても、美はいつも利害＝関心的態度の不在においてのみ、発揮しはじめるというのが、小林の美学なのである。ベルグソンの言う「純粋記憶」のみを美に連結しようとする小林の志向性もまた、以上のような文脈で理解できるはずである。

また小林は、太平洋戦争開始の後、「當麻[53]」で、次のようにも語っている。

僕は、無要な諸観念の跳梁しないさういふ時代に、世阿弥が美といふものをどういう風に考へたかを思ひ、其処に何んの疑はしいものがない事を確かめた。「物数を極めて、工夫を盡して後、花の失せぬところを知るべし」。美しい「花」がある、「花」の美しさといふ様なものはない。彼の「花」の観念の曖昧さに就いて頭を悩ます現代の美学者の方が、化かされてゐるに過ぎない。

小林が引用している「物数を極めて、工夫を盡して後、花の失せぬところを知るべし」という一句の意味を、世阿弥は『風姿花伝』第七　別紙口伝で、詳しく説明している。世阿弥はまず「花といふに、万木千草において、四季折節に咲くものなれば、その時を得てめづらしきゆゑに、もてあそぶなり」、「いづれの花か散らで残るべき。散るゆゑによりて、咲く頃あればめづらしきなり。能も、住する所なきを、まず花と知るべし」と、語る。植物の花も四季の内のある特定の時期に咲くものであって、散らずに咲き残る花はない、だからこそ人々はその花を珍しいもの、新鮮なもの、あるいは美しいものと感じる、能の「花」も同じであると言う。世阿弥が言う、能における「花」とは能が観客に与える美的感動の比喩的表現のことだが、その美もまた、不動のものではありえない。時代や人の好みに応じて絶えず、変化していくものであり、その時の状況に応じて演じ手は、見る側が新鮮に感じ、美的感動を感じるよう努めなくてはならない。そして、世阿弥は「ただ、花は見る人の心にめづらしきが花なり。しかれば花伝の花の段に、『物数を極めて、工夫を盡して後、花の失せぬところを知るべし』とあるは、その口伝なり」と語る。すべての能芸を研究し尽くし、工夫をし抜いた果てに、たえずその時々の状況に応じた「花」を咲かせることができるというのだ(54)。

このような世阿弥の美学について、小林は「僕は、無要な諸観念の跳梁しないさういふ時代に、世阿弥が美といふものをどういう風に考へたかを思ひ、其処に何んの疑はしいものがない事を確かめた」、「彼の『花』の観念の曖昧さに就いて頭を悩ます現代の美学者の方が、化かされてゐるに過ぎない」と、語る。人により、時代により、その時々により美は変化していくのであり、演じ手はそれに合わせて、自らの「花」も変化させていかなければならないというような、鑑賞者や時代への適合（芸術の自律性を信じる立場からするならば「迎合」）を語った下りが、小林の世阿弥解釈では完全に抜け落ちてしまっている。小林は世阿弥の美学をあくまで、美における観念性の拒否という一点において語っている。よって、「美しい『花』がある、『花』の美しさといふ様なものはない」という有名な一句も、時代や鑑賞者の趣向に応じた美しか存在しないという意味ではなく、永遠に観念世界に存在し続けるような普遍的な美などない、あるのはただただ、瞬間、瞬間のきらめきにも似た、一回的な美ばかりであるという意味を帯びて、文脈上、登場することになる。

小林は『風姿花伝』を語りつつ自らの美学を明らかにするに当たって、演じ手の利害＝関心的態度（時代や鑑賞者への迎合）を切り捨てる。そして、さらに、功利的欲求が希求する抽象化、観念化を峻拒した出来事の一回性の中にこそ美は超俗的に成立すると、語るのだ。

小林の科学的歴史観に対する批判も同じである。単独性を帯びた過去の記憶を抽象化し、概念化し、その範疇によって、すべてを解釈していく科学的な歴史認識は、そこに利害＝関心的態度が混入している以上、美にはならない。功利的欲望を切断した、一回的な出来事や歴史的事件についての記憶こそが、小林にとって真の認識であり、同時にそれは美なのである。ここに日支事変をきっかけとして形成されていった小林の美学的立場、歴史と文学を美として融合していこうとする、事変下における小林美学の本質があったと、見てよいはずである。

ベルグソンでは個人的記憶として語られたものが、小林の批評では歴史として語られる。これを言い換えれば、認知のプロセスの問題として提示された記憶についての議論が、小林によって、戦時下を生きる日本人の歴史感覚として、捉え直されている、ということになる。科学と合理主義に背を向け、概念を拒否する、一回的な歴史の姿、言い換えれば、ベルグソンの言う「質」、ランボーの言う「聖霊」の世界を開示する歴史を、小林は日本人に共有された「伝統的」な歴史感覚として、提示しようとしている。

しかし、ここには、本書の冒頭で述べた「美的モデルネ」の、落とし穴が潜んでいる。理性と合理主義に背を向ける「美的モデルネ」の批判対象に、小林は合理的理性と共犯関係にあるという理由から、個人的欲望を付け加えるわけだが、その結果、小林の言う歴史感覚、あるいは歴史美においては、官能やエクスタシーは、（たとえば、ボードレールやニーチェがそうであるように）美の側に加えられることはない。またベルグソンの議論では、個人の内面世界で繰り返される認知プロセスというレベルに限定されていた「純粋記憶」が、小林の議論では、戦時下における共同体の共通感覚として語られている。心像や言葉の概念化を回避し、利害＝関心的態度を拒否しているという意味で、純粋記憶も、小林が語る「歴史」も、ともに、「質」の世界を開示していると、かりに見なしたとしても、「伝統的な精神」に実存的本質を求める小林の美学では、記憶そのものが、個人のレベルから共同体のレベルへと（つまり記憶から歴史へと）拡大されている点で、ベルグソンとは大きな開きがある。そして、戦争というコンテクスト、時代的文脈で語られることで、小林が語る歴史美は、目の前に迫る死を美に昇華してしまうような、現実との偽りの和解をもたらす、ある種のイデオロギーへと変質していくことになるのである。次章ではさらにこの問題について、考察を進めていくことにしよう。

【注】

（1）『改造』昭和一二（一九三七）・九
（2）（1）と同じ
（3）（1）と同じ
（4）（1）と同じ
（5）『中央公論』昭和一二（一九三七）・一一
（6）『書評』昭和二二（一九四七）・一
（7）『中央公論』昭和一二（一九三七）・一一
（8）『昭和研究会─ある知識人集団の軌跡』TBSブリタニカ　昭和五一（一九七六）・六
（9）「學者と官僚」『文藝春秋』昭和一四（一九三九）・一一
（10）「處世家の理論」『文藝春秋』昭和一五（一九四〇）・六
（11）「疑惑Ⅱ」『文藝春秋』昭和一四（一九三九）・八
（12）「神風といふ言葉について」『東京朝日新聞』昭和一四（一九三九）・一〇・五～八

(13)　(9)と同じ
(14)　「文學と自分」『中央公論』昭和一五（一九四〇）・一一
(15)　「満州の印象」『改造』昭和一四（一九三九）・一、二
(16)　小沼文彦訳『作家の日記』4　筑摩書房　平成九（一九九七）・一二
(17)　『中央公論』昭和一五（一九四〇）・六
(18)　「戦争について」『改造』昭和一二（一九三七）・一一
(19)　「火野葦平『麥と兵隊』」『東京朝日新聞』昭和一三（一九三八）・八・四
(20)　『改造』昭和一三（一九三八）・八
(21)　『文藝春秋』昭和一三（一九三八）・五
(22)　(19)と同じ
(23)　(19)と同じ
(24)　『新女苑』昭和一四（一九三九）・七
(25)　(11)と同じ
(26)　「新しき心的動機の追及へ」『新潮』昭和一三（一九三八）・八
(27)　初出は『世界の一環としての日本』白揚社　昭和一二（一九三七）・四
(28)　「疑惑Ⅰ」『中央公論』昭和一四（一九三九）・四
(29)　白揚社　昭和一〇（一九三五）・二
(30)　(9)と同じ
(31)　『文學界』昭和一〇（一九三五）・九

(32)「ドストエフスキイの生活」9　『文學界』昭和一一（一九三六）・一〇
(33)(15)と同じ
(34)『太陽』昭和二（一九二七）・一
(35)(18)と同じ
(36)「イデオロギイの問題」『文藝春秋』昭和一四（一九三九）・一二
(37)「歴史と文學」『改造』昭和一六（一九四一）・三、四
(38)「モアロアの『英國史』について」『文學界』昭和一五（一九四〇）・四
(39)(38)と同じ
(40)「事變の新しさ」『文學界』昭和一五（一九四〇）・八
(41)「科学と批評」『批評としての文学』三笠書房　昭和一一（一九三六）・四
(42)「モーラリストの立場による科学と文学」初出は(41)と同じ
(43)(18)と同じ
(44)「歴史について」『文學界』昭和一三（一九三八）・一〇
(45)(37)と同じ
(46)『探求』Ⅱ　講談社　平成元（一九八九）・六
(47)「序（歴史について）」『ドストエフスキイの生活』創元社　昭和一四（一九三九）・五
(48)『新潮』昭和三三（一九五八）・五〜三六・八
(49)田島節夫訳　白水社　昭和四〇（一九六五）・七
(50)(49)と同じ

(51)『文學界』昭和一七（一九四二）・六
(52) 篠田英雄訳　岩波文庫
(53)『文學界』昭和一七（一九四二）・四
(54) 引用は『日本古典文学全集』五一　小学館　昭和四八（一九七三）・七

第五章　戦時下の日本文化論
——小林秀雄から西田幾多郎・坂口安吾へ

通俗性と美

終戦から約一年半が経過した、昭和二二（一九四七）年一月、坂口安吾は、「通俗と変貌と」[1]で、「この戦争で、真実、内部からの変貌をとげた作家があったであろうか。私の知る限りでは、ただ一人、小林秀雄があるだけだ」と語っている。安吾は小林が戦争協力のための筆を執ったと言っているわけではない。むしろ、それを否定している。戦時下の日本が滅亡の道をひたすら突き進む中で、自らの死を宿命として受け入れていくような、「『無常といふこと』の如き」「日本的諦観」に傾斜していった、と言っているのだ。そして、そのような「敗北の変貌」は「祖国の宿命に負けた」以外のなにものでもなく、「私は必ずしも文学的に『望ましい』変貌であったとは思っていない」と、安吾は言う。

「無常といふ事[2]」で語っているように、小林にとって「生きてゐる人間などといふものは」「何を言ひ出すのやら、仕出来すのやら」分かるものではなく、「鑑賞にも観察にも堪へない」代物であった。

ここから、「歴史には死人だけしか現れて来ない」、「従つて退つ引きならぬ人間の相しか現れぬし、動じない美しい形しか現れぬ」という歴史の、そして死者の美しさへの傾斜が生まれることになる。それに対して安吾は、次のように批判する。

生きてる奴は何をやりだすか分からんと仰有る。まったく分からないのだ。現在こうだから次はこうやるだろうという必然の道筋は生きた人間にはない。死んだ人間だって生きてる時はそうだったのだ。人間に必然がない如く、歴史の必然などというものはどこにもない。(中略)人間は何をやりだすか分からんから、文学があるのじゃないか。歴史の必然などという、人間の必然、そんなもので割り切れたり、鑑賞に堪えたりできるものなら、文学などの必要はないのだ。(3)

安吾に言わせれば、「歴史の必然などという妖怪じみた調理法をあみだして」鑑賞に堪えうる人間を描きだしたとしても、それは、「生きた人間を自分の文学から締め出してしまった」に過ぎない。つまり、「何を言いだすのやら仕出来すのやら」分かるものではないような、人間の生の実相を、小林は回避していることになる。

「歴史と文学」(4)で小林秀雄は、「僕等の望む自由や偶然が、打ち砕かれる処に、そこの処だけに、僕等は歴史の必然を経験する」のであり、平家物語に描かれた、そのような歴史感情は、現代人にとって「健康すぎ美しすぎる」ものと感じるが、それこそが現代の文学が覆い隠してきた「人間の運命」であると、語っている。

そのような小林を、安吾は、「教祖は本質的に鑑定人だ」と批判する。安吾が言おうとしているのは、自分以外の人間の「望む自由や偶然」が打ち砕かれた時、小林は第三者として、「歴史の必然」を鑑賞しているにすぎない、ということである。「歴史の必然」は他人ごととして眺める時にのみ、その姿を現わすと言っているのだ。たしかに、小林の言うように、その当事者であるならば、「何を言ひだすのやら仕出来すのやら」分かるものではない。そこに様式性をともなった人格美を求めることなど土台、不可能なことだろう。が、安吾にとってみれば、死を目の前にして顔色を変えるような通俗性こそが美なのである。そして、安吾は、そういう人間の姿を、宮本武蔵に発見する。

昭和一七（一九三二）年、太平洋戦争の真っ直中に発表された「青春論」(5)には、「いつ死んでもいい、という覚悟がどうしても据わらなかつた」武蔵が、武道のしきたりからすれば明らかに逸脱しているような、様々な剣法を編み出していく姿が語られている。たとえば、作法としては、挨拶を交わしてから手合わせが始まるはずであるのに、それも済まさないまま、相手に隙があると見るや、いきなり敵手を打ち倒してしまった武蔵の姿などが、それである。そして、安吾は、「何でも構わぬ。敵の隙につけこむのが剣術なのだ」、「心理でも油断でも、又どんな弱点でも、利用し得るものをみんな利用して勝つというのが武蔵が編み出した剣術だった」と語る。

言うまでもなく、安吾は、『葉隠』的な様式美からすれば、武蔵は醜悪であり鑑賞に堪えないと言っているわけではない。生への執着に取り憑かれ、目に見えない制度や様式性を引き裂いていく様にこそ、偽りのない生の実相があり、それを描くのが文学の使命なのだ、と言っているのである。

戦後になって安吾は、戦時中を振り返って、「人間の本心というものは、これぱかりはわかりきっている」、「曰く、死にたくない、ということ。けれども、本心よりも真実な時代的感情というものがある。人の心には偽りあり」(6)と回想している。ここで言う「時代感情」とは、生よりも死を美化し賛美してしまうような戦時下のエートスを指しているわけだが、安吾に言わせれば、小林の美学もまた、生と死の価値関係を転倒していった「時代的感情」の一つだったわけである。小林が「伝統的な精神」と見なした、戦時下の日本人が体現する無関心的態度を、安吾は「時代的感情」、つまり、戦時下のナショナリズムに感化された結果に過ぎないと、切って捨てている。

安吾的視点から見た時、小林の美学の内部では、行為主体としての〈私〉が、観察主体としての〈私〉の鑑賞物として、完全に内属してしまっている。その結果、「自由や偶然が、打ち砕かれ」た当事者が、たとえば、死が目前に迫っているような自らの行く末を、「鑑定人」として眺め、美的感動を感受し始めるような転倒が入りこむことになる。

小林秀雄の「実朝」(7)には、次のような言葉がある。

彼には、凡そ武装といふものがない。歴史の溷独した陰気な風が、はだけた儘の彼の胸を吹き抜ける。これに対し彼は何等の術策も空想せず、どの様な思想も案出しなかつた。さういふ人間には、恐らく観察家にも理論家にも行動家にも見えぬ様な歴史の動きが感じられてゐたのではあるまいかとさへ考へる。奇怪な世相が、彼を苦しめ不安にし、彼が持つて生れた精妙な音楽のうちに、すばやく捕へられ、地獄の火の上に、涼しげにたゆたふ。

「武装といふものがない」こと、裸身でたたずむことが、小林にとって歴史を前にした正しい身の処し方であった。「青春論」で語られた宮本武蔵のように、現状を打破するために悪戦苦闘するのは、歴史の動きを感じていないがゆえである。自己保存を脅かすような外部的世界を、詩人が言葉によってすばやく捕え、歴史という「地獄の火」を「涼しげにたゆたふ」ことのできる世界へと美的に昇華し、その中に生きることが、小林にとって「現実」的な生き方なのであり、現状を打開するためのいかなる「術策」も「空想」にすぎない。

あるいは、小林秀雄は「実朝」で、「彼が、頼家の亡霊を見たのは、意外に早かつたかも知れぬ。亡霊とは比喩ではない。無論、比喩の意味で言ふ積りも毛頭ない」とも語っている。実朝の「精神生活の中心部」は、「頼家の亡霊」という「実在」だったと、小林は言う。それは「比喩」ではない。つまり、言葉によって言語外の現実を、何らかの形に空想的に変形したものでも、現実そのものを置き去りにした観念世界でもない。それこそが、実朝にとっての「実在」そのものであり、そこに「彼の歌の真の源泉」があると言う。したがって、実朝が殺害される際に見たものは公暁の姿ではなく、「青女一人だつたのであり、又、特に松明の如き光物だつた」ことになる。続いて小林は「どちらが幻なのか。この世か。あの世か」と語るのだが、もちろん小林にとって幻なのは「この世」の方である。実朝という「鑑定人」にとっては、鎌倉幕府内における政治的闘争という「この世」の方が幻、「頼家の亡霊」に祟られ「青女」や「松明の如き光物」に憑き殺されるという「あの世」方が「実在」の姿である。

この時点で、死は回避不可能な宿命と化す。「現実の公暁は、少しばかり雪に足を辷らしさへしたら失敗したであらう。併し、自分の信じてゐる亡霊が、そんなへまをするとは、実朝には全く考へられなかつたらう」と小林が語るように、自己保存を脅かすものが、政治的闘争ではなく亡霊＝宿命である以上、逃れようがない。安吾の言う「日本的諦念」は、「実朝」において、この時点で完結する。

安吾を視座にするならば、小林の美学で自己保存は、現実的なものではなく、現実的な危機を審美対象として想像することによって達成されている、ということになる。本来、自己保存は現実的な秩序に属する事柄である。しかし、ポール・ド・マンによれば、危険のただなかに置かれた時、「危険を転義法によって比喩的に表現し、想像された心像へと移行させることによって」危険の直接性から身を守り始める。この時点で自己保存は表象と関係を持ちはじめる。「比喩表現」は、「必要とあらば危険を類比や隠喩といった比喩でもって置き換えることで、われわれが危険にうまく対処していくことを可能にする、一種の防衛策」となるのだ。[8]安吾が小林の美学に見たものは、まさにこのような転倒だった。「世の中は鏡にうつるかげにあれやあるにもあらずなきにもあらず」という実朝の歌に「彼の歌の真の源泉」を見る小林の美学の根底に、安吾は死を想像上で乗り越えるための、現実そのものと言葉との認識論的転倒を透視している。

実は、小林を理解する難しさは、ここにある。小林はマルキシズムに代表される社会科学的な歴史認識を否定していた。小林にとって、それは歴史そのものではなく、概念によって編み上げられた架空の体系に過ぎなかった。しかし、その小林が、今度は安吾によって、現実そのものを置き去りにした、表象の体系に過ぎないと否定されることになる。

二人は、ある一点で、認識の布置が正反対のものになっている。小林は、日常的意識の領域に利害＝関心的態度を認め、無自覚の内にそれを生きる時局下の心性の内に、無関心的態度を本質とする「伝統的な精神」を認めていた。一方、安吾にとっては、無関心的態度、「伝統的な精神」こそが、日常的意識を支配する「時代的感情」であり、「偽り」なのだ。「死にたくない」という個人的欲望こそが、忘れ去られた「本心」、無意識に追いやられた〈ほんものの私〉なのである。このような安吾から見れば、小林の美学や歴史感覚こそが、フィクションに過ぎない。

「教祖の文学」で、安吾は、美について次のように語る。

美というものは物に即したもの、物そのものであり、生きぬく人間の生きぬく先々に支へとなるもので、よく見える目というものによって見えるものではない。美は悲しいものだ。孤独なものだ。無慙なものだ。不幸なものだ。人間がそういうものだから。

安吾にとって、美とは死にゆく人間の慰めではなく、「生きぬく人間の生きぬく先々に支えとなるもの」であるべきである。死を審美的に昇華していくような美のあり方を拒否する安吾は、孤独で無惨で不幸な、救いようもない私たちの生そのものこそが美であると、語り始めている。無関心的態度によって眺められた出来事の単独性ではなく、利害＝関心的態度の下で感得される出来事の救いのなさ、不条理さこそが美であると言うのだ。

ここには、可憐な少女が狼にたべられていくようなモラル性の欠如を指して、「救いがないこと、それ自体が唯一の救いであります」と言った[9]のと、同じ安吾がいる。「愛くるしくて、心が優しくて、すべて美徳ばかりで悪さというものが何もない」人間は救われるというような文学的モラリティーも、死を美化していく小林秀雄的美学も、自己保存を脅かす危機との偽りの和解にすぎない。

小林秀雄は昭和一三（一九三八）年三月、「文芸春秋」特派員として火野葦平に芥川賞を授与するため日中戦争勃発後の杭州を訪れた時の様子を、次のように回想している。

杭州から帰つてこの原稿を書いてゐるのだが、宿は北四川の直ぐ近くで、この賑やかな通りも、一歩横町を曲れば、眼を見張る許りの廃墟である。(中略)どうにかして言葉を捕へようと試みたが駄目だつた。あらゆるものが、こゝでつい先だつて行はれた事実を語つてゐる筈なのだが、僕の想像力は、為すところを知らないのである。僕は墓標に出会う毎に、たゞ黙禱するだけであつた。(10)

小林は戦争の跡さえ「言葉を捕へようと試みたが駄目だつた」。ましてや、戦争という事実を目の前にすれば事態は小林にとってより深刻なものになっただろう。おそらく、言葉＝表象による比喩的了解によって編み上げられた世界像が解体して、その廃墟から無慙で無意味な世界が、姿を現しはじめたはずだ。小林が上海の激戦地を見学した際に「どうにも堪らない気」がしたのは、自分がその中で生きる美学を脅かすような事実そのものを、目の前にしたからである。

一方、安吾は戦時中、焼死体を片付ける若者が、真新しい死人の帽子を摘みとって火のかからぬ方に投げる光景を目撃しているが、その様子を次のように回想している。

三百、五百とつみ重ねてある焼屍体に、合掌するのは年寄の婆さんぐらいのもので、木杭だったら焼けても役に立つのに、まったくヤッカイ千万な役立たずめ、というグアイに始末をしている人夫たち、それが焼け跡の天真ランマンな風景であった。まったく原初的な一つの健康すら感じさせる痴呆的風景で、しみる太陽の光の下で、死んだものと、生きたものの、たったそれだけの相違、この変テコな単純な事実の驚くほど健全な逞しさを見せつけられたように思った。(11)

安吾が焼け跡に見た「痴呆的風景」とは、危機との和解のための言葉、あるいは、それによって整序された世界イメージの破れ目である。井口時男は「人はいつも突き放す〝現実〟を再び内面化し、私の物語として、〝意味〟を修復しようとする。それは人間の身に沁みついたルサンチマン(小林秀雄の言う「人類の巨大な恨み」)の習性であって」「安吾は、『伝統の美しさ』というものがルサンチマンの形式化にすぎないことに、苛立っている(12)」と、語っている。井口の言うルサンチマンとは、正確には自己保存のために、言い換えれば、死の恐怖と生の無意味さに耐えきれない人間がそれとの和解のために、言葉＝表象を持とうとする衝動を指す。

生と死を隔てるものが、生きているという即物的事実と死んでいるという即物的事実以外なにものも見当らなかった光景、それ以外のいかなる言葉も見当らなかった痴呆的状態に安吾は驚く。そこに、〈あってはならない光景〉を見れば、その風景は理想的な世界イメージからの逸脱として意味づけられるであろう。あるいは、〈人の世のはかなさ〉を見たとしても、審美的伝統の中で、近い将来に予想される自らの死は美化されていくであろう。しかし、戦争／死という事実を目の前にした時、小林的な美学もまた、表象のあわいを漂う、ある種の〈気分〉に過ぎないことを露呈してしまう。「無常といふ事」で美学化された死は、やはり死そのものでないのだ。安吾がそこに「原初的な一つの健康すら感じ」たのは、それゆえである。表象による比喩的了解を拒み、目撃者の自己保存に都合のいいように想像的に歪めることを拒むことで露呈した、出来事の裸形の姿を、安吾は焼け跡に垣間見ている。

戦争が進行中の大陸に赴きながら、小林秀雄が第一線に行こうとはしなかった事実と、安吾が内地に身を置きながらも疎開の薦めを断り、戦争を目の前にするために東京に踏みとどまった（「堕落論」）事実との好対照は、きわめてシンボリックな意味を持っている。小林の美学は、無慙で不幸な物自体の世界を前にした時、それを迂回していく以外なかったのである。

無関心的態度と日本精神

小林秀雄による一連の中世文学批評と同じく、西田幾多郎の『日本文化の問題』[13]もまた、戦時下という特殊な時代状況の影響を受けつつ、美をめぐる思索が繰り広げられている。そして、小林と同じように、西田もまた、無関心的態度に美の本質を認め、その存在を日本文化の中に求めている。むろんそれは、西田と小林の時局に対する姿勢がまったく一致していることを、意味しているわけではない。小林が死そのものを美的に受け容れようとしているに対して、西田の場合、無関心的態度は一種の倫理的姿勢として捉え直されており、それを精神的機軸とした聖戦の哲学が展開されているからである。西田にとって死はけっして無常ではない。それは自己の存在証明である。

『歴史的形成作用としての藝術的創作』[14]で、西田は次のように語っている。

日本民族は、日本民族の環境に於て、日本芸術の様式を形成した。タウトの云ふ如く、永遠の美とは、作品がその母胎たる一切の事物の総体によつて課せられる諸々の要求を、最も純粋に且つ力強く充足し得たものでなければならない。パルテノンはその釣合と輪郭との形式をギリシヤの透明清澄な大気に受け、伊勢神宮は之を日本の湿気と雨の多い風土に求めたと云ふ。(中略)個人の様式の外に、画派の様式、地方の様式、民族の様式があるとヴェルフリンは云ふ。我々が通常、美と感ずるのは規範的形式と云ふものであらう。

タウトは、一九三二年、ヒトラー政権樹立とともに親ソ派と誤解され、日本に亡命した。一九三六年、トルコ政府に招聘されるまで日本に滞在し、その間、見聞した日本の芸術と文化を『ニッポン』『日本文化私観』にまとめている。「日本の文化が世界のあらゆる民族に寄与したところのものに対して、多少なりとも心を動かされる人は、親しく伊勢に詣でねばならない。そこにはこの文化のあらゆる特質が一つに結晶して[15]」いると、タウトが伊勢神宮の建築美を絶賛したのは、よく知られた話である。

一読すると、西田はタウトの日本文化論を肯定的に受容しており、日本文化の象徴として伊勢神宮を挙げたタウトの指摘を、西田もそのまま踏襲しているようにも見える。しかし、それはちがう。西田が、ヨーロッパ文化の源泉であるギリシアのパルテノンと伊勢神宮を対称的に並べているところに、注意しなければならない。

「種的形成を離れた個人といふものはない。種的形成を通して我々の自己は真の自己となるのである。我々の自己はイデア的形成でなければならない。而して種的形成といふものを通さないで、イデア的形成といふものはない[16]」と語る西田にとって、イデア、すなわち、普遍的な価値なり意味というものは、かならず「種的形成」、つまり、それぞれの民族文化固有の価値として、出現するものである。西田が否定している、「種的形成といふものを通さない」「イデア的形成」とは、個―特殊―普遍（類）という論理学上の三つのレヴェルの内の、普遍（類）のレベル、すなわち普遍的な文化、あるいはその体現者としての人類という考え方である。人間は人類として自己が形成されることなどない、それは一種の空想であり、結局、種として、たとえば、日本人というような、ある特殊な文化の共有者としてしか、存在しえないと、西田は語っている。

一方、「外国の俗悪な趣味に意識的に迎合」する（『日本文化私観』）近代日本を批判的に眺めるタウトは、明らかに西洋の絶対的優位性の上に立って日本文化に好奇心を抱き、異国情緒を求めている。その眼差しに潜む西洋中心主義まで、西田がそのまま受け容れたとは考えにくい。日本文化を、普遍に対する特殊に位置づけようとするタウトの眼差しを受け容れながらも、西田はその眼差しをもってヨーロッパ文化を見返していると、見るべきだろう。日本文化が特殊であるように、ヨーロッパ文化もまた特殊なのであり、そもそも文化とは普遍的なものでありえない、それぞれの地域の環境、風土に根ざしたものとして、世界中のあらゆる文化は併存していると、西田は考えている。タウトの日本文化論を受け容れつつも、その認識の布置を西田は切断している。

ヨーロッパ文化と等価な価値を内包する日本文化、このような視点から、西田はさらに、日本文化の本質、すなわち「日本精神」の検討に向かう。

タウトによれば、彼は永遠の美とは、芸術品がそのやうな形式を得た所の母胎たる一切の事物（国土、風土等）の総体によつて課せられた諸の要求を、最も純粋に且つ力強く充足するにあると云ひ、伊勢神宮は人間の理性に反撥するやうな気紛れな要素を一つも含んでゐない、その構造は単純であるが、併しそれ自体論理的である、構造自体がそのまゝ美的要素を構成して居ると云ふ。その美を日本の風土に於てのパルテノン的のものと考へて居る。すべての物を総合して、簡

単明瞭に、易行的に把握せようとするのが日本精神である。それが物となつて見、物となつて行ふ無心の境地である。(17)

以上のような解析が、「東洋―それは、ヨーロッパ人にとっては、静の境地である。静寂と宇宙観的瞑想の境地である」(『日本文化私観』)というタウトの主張を、西田が捉え直したものであることは、間違いない。タウトが「静の境地」に東洋精神の本質を指摘したのを受けて、西田はそれを「すべての物を総合して、簡単明瞭に、易行的に把握せようとする」「日本精神」、「物となつて見、物となつて行ふ無心の境地」と、言い直している。同じことは、『日本文化の問題』の中でも、「西洋論理は物を対象とした論理であり、日本精神は心を対象とした論理である」と、言い換えられている。ここで言う、日本精神とは、西田の言葉に従えば、「何処までも自己自身を否定して物となる、物となつて見、物となつて行ふ」、「己を空うして、物を見る」無心の境地ということになる。これだけでは分かりにくいが、簡単に言えば、西洋的な認識の布置、主体と客体の分断と認識という対象認知形式とは、まったく異なる「日本的」な認識のあり方、ということになろう。つまり、認知する主体が功利的関心をもって客体を解析するのではなくて、没我の心境で対象を眺めた時に喚起されるような感覚それ自体をもって、対象とするような認識のあり方である。

このような「日本精神」は、風土や自然環境、あるいは、有史以来の歴史過程で形成されたものとして語られてはいるが、西田は、同じような内容を、カントの美学を説明した一文でも語っている。「歴史的形成作用としての藝術的創作[18]」で、西田は、「我々の自己は自己成立の根底に於て、芸術的直観的傾向を有つたものでなければならない」と述べた上で、次のように語っている。

カント以来云はれる如く、美は没関心的でなければならない。芸術的直観の立場に於ては、すべて抽象概念的なるものは越えられなければならない。併し芸術的直観とは、単に我々の自己が受動的となることではない。(中略)我々の自己が芸術的直観の立場に立つと云ふことは、絶対現在の現在的自己限定に結合することでなければならない。それは歴史的世界の創造作用に結合することでなければならない。

『判断力批判』に「美に関する適意即ち趣味の適意だけが、無関心的でかつ自由な唯一の適意であると言ってよい[19]」と記された、無関心的態度とは、言うまでもなく、利害＝関心的態度、つまり、欲望の充足や個人的利益への関心から離れて、対象を眺めるような態度を指す。interest にとどまる限り、人は共同体を形成することができない。そこから離れ、それぞれが自発的に、ある美的判断を行う、ある現象が崇高であるか美であるか判断を行う。そして、それぞれの判断が一致し同意できるのだという相互の了解が成立した時、間主観性の形式が整い、同じ感情を共有する主体の集合体として、共同体が成立することになる。「趣味は（いわば形式的感官として）自分の快と不快の感情を他人へ伝達することをめざし、しかもこの伝達によって自身も快く触発せられ、それについての適意（complacentia）を他人と共同で（社会的に）感覚しようとする感受性をふくんでいる」[20]とは、その意味である。さらにカントは、ここで言うところの「適意」を、主観的な快感が他のあらゆる人々の感情と普遍的な法則に従って一致するという意味であることを語り、よって、「適意」、すなわち共有された美意識は、人が倫理的な状態に至る準備段階を形成すると語っている。その意味で、美とは共同体を情緒的な領域で支える基盤であり、それを総称して私たちは「文化」と呼ぶ。

自己存在の本来的性格を「芸術的直観」にもとめ、その「芸術的直観」をカントの無関心的態度と結びつけた西田が、「日本精神」あるいは「日本文化」の本質を「無心」と定義した時、同じカントを意識したとしても、不自然ではないはずである。後に詳しく説明することになるが、カントの美学と同じく、西田の日本文化論においても、美は共同体構成員の情緒的紐帯を実現していくための基盤となっている。

さて、『日本文化の問題』では、天皇制が内包する文化的価値もまた、西田の言う、「日本精神」との関わりの中で語られている。

私は日本文化の特色と云ふのは、主体から環境へと云ふ方向に於て、何処までも己自身を否定して物となる、物となつて見、物となつて行ふと云ふにあるのではないかと思ふ。己を空うして物を見る、自己が物の中に没する、無心とか自然法爾とか云ふことが、日本人の強い憧憬の境地であると思ふ。（中略）日本精神の真髄は、物に於て、事に於て一となると云ふことでなければならない。元来そこには我も人もなかつた所に於て一となると云ふことである。それが矛盾的自己同一としての皇室中心と云ふことであらう。物はすべて公の物であり、事はすべて公の事である。

ここで西田は、「物に於て、事に於て一となると云ふこと」、「元来そこには我も人もなかつた所に於て一となると云ふこと」こそ、「日本精神の真髄」であると、ふたたび語っている。客体と対峙しないような主体、つまり、無心の境地にあって、認知主体そのものが客体を映す鏡、西田流に言えば場所と化す、そうなれば、主体に取り込まれた世界の像そのものが「私」であると同時に「彼」である状態が現出する。認知された森羅万象あらゆる営みは私自身となり、同時に、私自身はその営みの中に組み込まれることになるというのが、西田の言う日本精神なのだ。

その上で、さらに西田は、「それが矛盾的自己同一としての皇室中心と云ふことであらう。物はすべて公の物であり、事はすべて公の事である」と、天皇制の定義へと向かう。一言で言えば、西田の言う皇室とは、主体を超越した主体、メタ・レベルの主体のことである。西田に言わせれば、皇室とは日本人が強く憧れる、「無心」の境地、「自然法爾」の境地そのものであり、客体と対峙する主体が内包する interest、利害＝関心的態度は、皇室の精神には内包されていない。むしろ、万人の万人による闘争状態を超越した場所に、皇室は存在すると言っているのである。

たとえば、西田は日本の歴史を次のように整理してみせている。

我国の歴史に於ては、如何なる時代に於ても、社会の背後に皇室があつた。源平の戦は氏族と氏族との主体的闘争であらう。併し頼朝は以仁王の令旨によつて立つた。（中略）我が国の歴史に於て皇室は何処までも無の有であつた。矛盾的自己同一であつた。（中略）皇道とは我々がそこからそこへといふ世界形成の原理であつた。日本は北条氏の日本でもなく、足利氏の日本でもなかつた。日本は一の歴史的主体ではなかつた。我々は我々の歴史的発展の底に、矛盾的自己同一的世界そのものの自己形成の原理を見出すことによつて、世界に貢献せなければならない。それが皇道の発揮と云ふことであり、八紘一宇の真の意義でなければならない。

（『日本文化の問題』）

具体的にはこういうことになるだろう。平家と源氏というように日本人同士がゲゼルシャフト的な緊張関係の中に置かれていたとしても、両者はやはり日本という同じ共同体に属し、日本文化という同じ文化を共有している。対立する個人が対立しながらも、連帯しているような矛盾する関係の様式、これを西田は矛盾的自己同一と語っている。そして、その力こそ、「皇道」が体現する日本精神、「無心」、つまり非 interest の精神なのある。したがって、どれほど個人間が緊張関係におかれようとも、それどころか、皇室と敵対する勢力が登場しようとも、「皇道」はそれらを、日本という共同体の一員として、自己同一化していく。たとえ利害＝関心的態度をもって皇室を眺めたとしても、そのような主体をも、皇室は「無心」の精神をもって、日本人として受け容れていく。

別の角度から言えば、このようなロジックにおいては、私と公という対立図式が巧妙な形で解消されている。柄谷行人は、西田の主張は「東洋思想」と呼ばれるものではなく、それはライプニッツ的なビジョン、つまり、個が個でありながら同時に全体を表出するというモナトロジーの原理であり、それは個人主義と全体主義のいずれも越えると見なされるものであると、[21]指摘している。たしかに、西田の日本文化論にも、柄谷の言うように、ライプニッツのモナトロジー論を援用した痕跡を認めることができる。

そのライプニッツは、モナドという考え方について、次のように説明している。

われわれが意識する想念が、たとえどんなに微小でも、そこには対象の持つ多様性がつつみこまれている。そのことに気づいたとき、われわれは単一なる実体であるはずの自分自身のなかに、多の存在を確認するのである。とすると、魂が単一な実体であることを認めるかぎり、だれしもモナド（一般）のなかにこのような多があることを、認めないわけにはゆかない[22]。

ライプニッツのモナド論とは、「われわれが意識する想念」は絶えず多様性を伴っているにもかかわらず、我々自身の「魂が単一な実体」であること、この矛盾をどう考えるかについてめぐらされた思索としての面を持つ。すなわち、人間の精神は単一であるにもかかわらず、そこに去来する想念や、五感を通じて認知された世界像は多様なものでしかありえない、一と多は対立するものではなく、一なる魂なり精神（モナド）に多様な想念なり感覚が内包されるのが、われわれの精神のあり方である。これが、ライプニッツの主張である。西田自身、「個物は、ライプニッツのモナドの如く自己自身を表現することによつて個物であり」「個物は世を表現することによつて個物である。多即一一即多として自己矛盾的に自己自身を表現する世界の一角として個物である」（「歴史的世界に於ての個物の立場」）と、モナド論と矛盾的自己同一の考え方が近似していることを認めている。

その上で、次のように西田は語る。

歴史的世界の自己限定が矛盾的自己同一的としてイデア的であると云ふことは、同時に歴史的形成作用が種的であると云ふことを意味するものである。世界を個物と個物との相互限定の世界といふ時、人は種的といふものがないと云ふ。併し私は之に反して何処までも独立的な個物の相互限定の世界なるが故に、種的世界の形成であると考へるのである。（中略）モナドが自己自身を表現することは、予定調和的に世界を表現することであり、予定調和的に世界を表現することによってモナドはモナドであるのである。

（「歴史的世界に於ての個物の立場」）

「作られたものから作るものへ」という、西田が言うところの歴史的世界において、「種」とは、物の見方、考え方、感じ方、行動の形、芸術、文化などの共有者の集合体、社会や国家、民族というほどの意味になろう。個人の側から見れば、個人はすでに形成されている文化（「種的世界」）のもとに生まれながら、その文化を変革してさらなる進歩に参加することになる。個人は文化によって作られる存在であると同時に、文化を作る存在でもある。

ここで西田は文化を創造する個人と共同体の関係について、モナド論的な予定調和を想定している。すなわち個は個でありながら全体（つまり種、民族）との齟齬を起こすようなことは、最終的にはありえないのである。

矛盾的自己同一の原理と世界史の形成

『日本文化の問題』で、西田は、タウトが賛美した日本文化、その真髄である皇道の精神なり日本精神こそが、日本民族が世界史形成に参加する上での精神的指針となりえると、主張している。

タウトは日本こそ一九〇〇年来その伝統たる単純性を以て、陳腐な衣裳をつけた道化芝居から蟬脱せんとするヨーロッパの極めて真摯な試に、最も大なる寄与を致した国であると云つてゐる。今日の日本はもはや東海の孤島に位する日本ではない。世界の日本である。ランケの所謂大なる列強の一である。今日我国文化の問題は、何千年来養ひ来つた縦の世界性の特色を維持しつゝ、之を横の世界性に拡大することでなければならない。（中略）矛盾的自己同一に事物に於て結合する一つの世界を構成することでなければならない。私は東亜の建設者としての日本の使命は、此に有ると思ふのである。（『日本文化の問題』）

もともと西田は、国家主義を否定するものではない。西田が否定するのは、文化が伴わない、あるいは、利害＝関心的態度のみを機軸とするような国家主義であり、その延長上に勃発する戦争である。西田にとって、「真の国家主義」とは、「世界的世界形成主義を含んでゐなければなら」ず、「単なる民族的国家主義と云ふものは、民族闘争の立場を越えたものではな」い。そのような国家が遂行する戦争からは「聖戦と云ふ語は出て来ない」のであり、「皇室が世界の始であり終である」「我国の国体」にあっては、「すべてが皇室中心として生々発展」しなければならない。[23]これまでの文脈から読むならば、タウトが賛美した、日本文化の真髄である「皇道」の精神、日本精神は、西洋文明に比肩しうる文化的価値、「世界性」を内包しており、それをもって「民族闘争」に臨むかぎり、「聖戦」として肯定しうる、そして、それこそが「東亜の建設者としての日本の使命」であると、西田は考えていた、と言うことになる。

さて、このような西田の時局観を考えていく手掛かりとして、まずはランケ受容の問題に注目してみたい。タウトとランケにそろって言及した上で、日本文化の世界性とその歴史的使命を主張している西田にとって、タウトの文化論が日本文化の世界的価値を示唆する文化思想であったのと同じく、ランケの思想は日本民族の世界史上の使命を示唆する歴史哲学だった。

ランケの歴史哲学の中心は、ヘーゲルが唱えた「世界精神」に対して批判を展開したところにある。ヘーゲルの歴史認識に潜む、近代市民社会を超越的価値に祭り上げてしまうような前提に対して、ランケは疑を挟んだのである。ランケに従えば、神の前においては時間というものが存在しない。それゆえ、神は歴史上の全人類をその全体性において見通しており、歴史上のどの段階でも、平等な価値を認めている、ということにならねばならない。通時に眺めてみると、物質的利益の領域に限って言えば、進歩の跡を確認することはできる。しかし、精神的な方面では、進歩を跡づけることはできないと、ランケは主張する。そして、次のようにヘーゲルの歴史哲学に対する批判を展開する。

哲学者たち、とりわけヘーゲル学派は、この点についてある種の観念を樹立している。それによると、人類の歴史はあたかも一つの論理過程のごとく、定立、反定立、媒介において、肯定と否定とにおいて展開していくものだという。（中略）世界精神がいわば詐術によって事実を生起せしめたり、あるいはその目的の実現のために人間の情熱を利用したりするものだとするような学説の根底には、神および人間をないがしろにするような観念が潜んでいる。（中略）各時代における真実の道徳的偉大さは他のどの時代のそれとも同等なるものであって、道徳的偉大さにおいては次元の高低は全然存しないものであると私は信じている。[24]

ヘーゲルは、世界史を、自由を希求する世界精神の自己実現過程として定義した。「精神は、一つ一つの段階を経ていくなかで、真理と自己意識を獲得し」、「各段階には、それぞれに世界史上の民族精神が対応し、そこには民族の共同生活、国家体制、芸術、学問のありかたがしめされ」[25]る。これがヘーゲルの示した世界史である。したがって、それぞれの時代において世界を席巻した民族精神なり文化は、世界精神の、ある発展段階における自己実現に過ぎず、先時代の精神・文化・モラルは、それ自体の固有の価値が認められることはない。次時代のそれと比べて、世界精神による自己実現の程度が相対的に低いものとして、位置づけられることになる。

このようなヘーゲルの歴史哲学の根本的特長は、ヘルベルト・シュネーデルバッハによれば、「客観的に目的論的な、体系化[26]」というところにある。本来、人間の行為は本能のみに基づくものではないから、自然科学的な意味での因果律によって、体系化していくことは不可能である。とはいえ、行為の目的や計画という視点から、目的論的に歴史を体系化することも、個々人が申し合わせた共有のテロスなど存在しない以上、不可能である。シュネーデルバッハによれば、ヘーゲルの歴史哲学は、「客観的に目的論的な、体系化」を目指している。すなわち、個々の出来事を人間の主観的な意図とは関係なしに、「世界精神」のような最終目的の意図として世界に作用している、というものである。ヘーゲルの歴史哲学では、主観的には歴史的な自覚を持たずに行為している人間が無意識の内に意図せず従っているような、「世界精神」という客観的な目的が、措定されている。

たしかに、ランケの歴史哲学では、世界史形成の原動力として何らかの客観的な目的が持ち込まれた形跡を、確認することはできない。しかし、それとほぼ同じ機能を果たすものを、ランケは自らの思想に持ち込んでいる。ヘーゲルが前提としているように、個々人が世界史形成について何らかのプログラムや目的を持つことは考えられない。しかし、ランケによれば、各時代各時代において世界を席巻した民族は、かならず「道徳的偉大さ」、「モラリッシュ・エネルギー」を内包しており、それを内的動機として世界史上の歴史的主体として登場してきている。目的ではなく、自らの民族文化の中で蓄積されてきた道義的な衝動が、歴史的主体へと自らの民族を押し上げる原動力となっている。これが、ランケの考え方である。だからこそ、それぞれの時代にはそれぞれの時代に固有の道徳的価値があると、ランケは主張するのだ。

このようなランケの主張に対して、西田は繰り返し賛同の意を表している。「現実の国家としては、それぞれに個性を有つたものでなければならない。ランケの云ふ如く、国家は一つの生命であり、個体でなければならない」（「国家理由の問題」）、「国家は単なる道徳的当為ではなく、ランケの云ふ如く道徳的エネルギーでなければならない」（『日本文化の問題』）などの言葉が、それである。

しかし、西田はランケの思想を無批判に受け容れているわけではない。なぜなら、ランケはあくまでも時間軸上の等価性を主張しているのであり、空間軸上、つまり時間を共有しつつ並立する諸地域の文化が等価であるとは、一言も語ってはいないからである。ランケは古代ギリシャも中世カトリック世界も近代市民社会も道徳的価値としては等価であると主張しているに過ぎない。その世界史はやはりヨーロッパ中心の世界像を、前提として抱え込んでいる。

このように見てくると、西田によってランケの思想がどのように読み替えられ、享受されていったかが、見えてくる。西田はランケが時間軸上の問題として提示した、諸民族、諸文化の等価性を、空間軸上の問題として受け止めている。

一つの世界的空間に於て、強大なる国家と国家とが対峙する時、世界は激烈なる闘争に陥らざるを得ない。科学、技術、経済の発達の結果、今日、各国家民族が緊密なる一つの世界的空間に入つたのである。(中略)いづれの国民民族も、それぞれの歴史的地盤に成立し、それぞれの世界史的使命を有するのであり、そこに各国家民族が各自の歴史的生命を有するのである。各国家民族が自己に即しながら自己を越えて一つの世界的世界を構成すると云ふことは、各自自己を越えて、それぞれの地域伝統に従つて、先ず一つの特殊世界を構成することでなければならない。(27)

さまざまな民族、さまざま文化が並存する世界空間において、各種の交通、情報手段の発達によって、諸民族間、諸文化間の距離が、飛躍的に縮まり始めた。ここに至って、民族間における闘争状態、ゲゼルシャフト的関係が出現する。このような世界空間において、歴史はいかに形成されていくのか。ランケの思想を時間軸上の問題から空間軸上の問題へと置き換えていく西田の論理操作は、その答えを導き出すための突破口である。世界空間に並存する諸民族・諸文化はそれぞれ等価であり、ヨーロッパ世界のみが歴史的主体であるわけではない、日本は日本固有の文化的価値を精神的支柱として世界史形成に参加しなければならない、これが西田が想定した日本の「世界史的使命」であり、そして、西洋に対する日本文化の等価性を保証する思想こそが、空間軸上の問題として受容された、ランケの歴史哲学だったのである。

西田によるヘーゲル批判もまた、同じ視点から展開されている。「ヘーゲルの立場に於ては、未だ真に創造と云ふことは考へられない」「人間が創造的となるには、絶対精神は絶対矛盾的自己同一として、自己自身を形成する世界でなければならない」（『日本文化の問題』）と、西田は語る。ヘーゲルの歴史哲学では、歴史上における新しい文化や政体が創造されていくプロセスが説明できない、なぜならば、ヘーゲルは、世界史を形成する絶対精神を、矛盾的自己同一として捉えていなかったからである、というのが西田の批判である。

ヘーゲルにおいて歴史的世界とは、世界精神という超越的価値の力によって形成されるものである。民族精神はその下位概念であり、「理性の狡智」は民族精神を利用することで、自由の実現過程という歴史的世界のプログラムを実現していくと見なされる。「世界史的個人」や「世界史的民族」は、「理性の狡智」が自由を世界史上において実現するために利用した、個人であり民族のことである。

一方、西田の場合、どうであろうか。

> 現実の国家形成の底には、矛盾的自己同一的世界の自己形成として、デモーニッシュなる歴史的生命の流がなければならない。それが今日、民族精神と考へられるものである。それは法の形式を媒介として、国家的に自己自身を形成するが、それは何処までも一つの個性的な生命でなければならない。
>
> （「国家理由の問題」）

西田の思想では、国家あるいは民族は、あくまで「個性的な生命」であると見なされる。世界精神とは、「それぞれの地域伝統に従つて」形成された、それぞれの民族が内包する「道徳的エネルギー」、「デモーニッシュなる歴史的生命」の言い換えにすぎず、その上位概念は見あたらない。西田は、ヘーゲルの思想で言う〈類〉の観念を、〈種〉の集合に過ぎないものと見なす。歴史の問題に引きつけて言えば、世界＝人類とは、さまざまな種＝民族の集合体にすぎない、ということになる。その理由を西田は、「ヘーゲルの立場に於ては、未だ真に創造と云ふことは考へられない」と説明する。ヘーゲルの歴史哲学を受け容れた場合、世界精神という超越的価値を実現していく歴史的進化過程を、普遍的モデルとして受け容れなければならない。とするならば、近代市民社会を自ら実現した西洋のみが、唯一の歴史的主体であることになる。日本民族はどこまで行っても特殊の領域に止まり、歴史の普遍的な進化過程に参画することは許されない。だからこそ、西田は、西洋という唯一の中心を超越的価値として形成されるようなヘーゲルの歴史モデルを否定して、世界空間に点在する、あらゆる民族がそれぞれ歴史的使命を内包しており、それぞれの民族精神に従って歴史的世界に参画していく、その結果として引き起こされる、諸民族間の、戦争も含めた交通関係の中で、歴史的世界は重層的かつ創造的に進化していくという、多中心的な歴史モデルを提示したのである。世界を西洋社会と捉えず、世界空間と捉え、「そこに並存する強大なる国家と国家とが対峙する時、世界は激烈なる闘争に陥」るが、その闘争状態そのものが世界史、あるいは世界的世界という一なる時間、一なる空間を生みだしていく、そのような、矛盾的自己同一の世界として、西田は世界史を捉えている。無論、それは同時に、日本民族もまた歴史形成への参加資格を持つことを、論証することを意味する。この時点で、個人が歴史に参加することは、民族の一員として生きることと、ほぼ同義になる。

今日人は民族を基体として働くと云ふ。民族を基体として働くと云ふことは民族の歴史を基底として働くことであり、それは伝統的に働くと云ふことでなければならない。而してかゝる行為は、右の如き意味に於て絶対現在の自己限定の形式に於てでなければならない。故に要するに、それは世界史的に働くと云ふことでなければならない。歴史的に働くと云ふことは、世界史的に働くと云ふことである。

（「国家理由の問題」）

西田の捉えた歴史的世界の内部では、個人が真に個人であること、創造的な生を獲得すること、つまり、歴史的進化の過程に参画することとは、種、民族、国家という媒体を通じてのみ可能となる。このような西田がとらえた個人と国家、民族、あるいは個と種の関係のあり方において、注意しなければならないのは、個人の民族なり国家なりへの寄与が、そのまま人類や世界への貢献と直結されている点にある。個・種・類という三つのレベルに分節して考えるならば、種と類が一体化されることによって、個による類への貢献と同じ構造をもって、種への貢献が実践される、ということになる。

本来、類とは個と種の対立の中で誘引される表象である。個人と国家が対立した時、個人の側が国家や民族、共同体を超越するような価値、たとえば、武者小路が唱えたような「人類の意志」を導入し、それと個人との連結を図ることによって、国家と対立していく、といった具合である。この場合、人類の意志は、個人にはそれが生得的に内在しているとみなされることで、無批判に受け容れられるものになる。一方、西田の場合、類とは様々な種としてしか存在しえないと語る。類のレベルに対するのと同じ様な仕方で、言い換えれば、個人の内面に生まれながらに潜在する、拒絶しようのない宿命として、種や民族の意志が、位置づけられるのだ。そうである以上、必然的に、個人の生の意味はすべて種、民族や国家の手中に収められることになる。共同体と自己を同一視すること以外には、自己の存在証明を獲得する方法がありえないような論理が、ここでは展開されている。厳しい見方をすれば、大正教養主義でしばしば語られるような、人類の意志の実現に個人の生存の目的を位置づける論理を下敷きにしながらも、人類とは民族の集合体であると、定義し直すことで、西田は主体を定位する場所を、類から種へと移動させてしまっている。

このような西田の歴史哲学に対しては、従来から賛否両論、さまざまな評価が行われてきた。「多様化した国際社会の、例えば、諸民族、諸主権国家の共存（歴史的世界の形成）の方法論[28]」という、いわば、そのポストモダン的な可能性を指摘する意見、「その主観的な善意にもかかわらず、客観的にはファシズム・イデオロギーと軸を一にして、日本帝国主義をイデオロギー的に代弁するという役割を果たした[29]」というような、ファシズムの理論武装として批判する意見、あるいは、「八紘一宇」

「日本精神」など、戦時下におけるナショナリズム高揚のために垂れ流されたさまざまな表象について、軍部や日本主義者と「意味の争奪戦」を試みた、西田のぎりぎりの抵抗を指摘する意見[30]などが、それである。

まず、西田の歴史哲学のを諸民族共存の方途として見ることができるか考えてみると、西田の主観に即したとしても、それは当たらない。「種と種とは結合せない。種と種との間に何処までも闘争あるのみである」、「歴史に於ての闘争は、いつも新な世界への展開の悩である。歴史の進歩は悲劇的である」（『日本文化の問題』）と語る西田は、諸民族が歴史的世界の形成に参画するプロセスで、かならず闘争が起きること、その悲劇を通じてのみ、歴史が進歩していくことを認めている。そのような西田の歴史哲学を、反戦平和の思想として肯定することなど、できるはずがない。

次に、西田の思想が戦時下のファシズムに対する抵抗であるかどうかという問題であるが、結論から言ってしまうと、そうであるとも言えるし、そうではないとも言える。たとえば、同じ時期、蓑田胸喜は、明治天皇の和歌を拠り所として神懸かり的な日本精神論を作りあげ、「いま、西田哲学に従つて、我が君臣関係に『絶対矛盾』といひまた逆に『自己同一』といふ如き概念関係を擬するでもあらうならば、それは実に反国体の極みではないか[31]」と、批判している。蓑田と比べれば、西田の方が、学究的態度が保たれている分、まだしも、リベラルであることは、認めないわけにはいかない。西田が時局に対して批判的であったのも、間違いないだろう。日本民族なり日本精神を絶対的な価値に祭り上げ、それ以外をすべて、反価値の側に置いてしまうような、戦時下の超国家主義と比べれば、西田の歴史哲学では、他の文化なり民族なりの相対的な価値が認められている。

しかし、だからといって、今日、西田の思想を全面的に受け容れてよい、ということにはならないはずである。西田の思想は、戦時下の超国家主義とは一線を画する、その思想の核心部分に、非西洋圏に位置する国民国家が必然的に所持せざるをえない、民族ナショナリズムを内包している。「世界精神」という西洋中心主義の呪縛から、歴史を解き放つため、西田は、類という表象が様々な種の集合としてのみ成立すると語る。そして、この論理を歴史に敷衍していくことで、西田は、世界史イコール西洋史という一元論的な歴史認識の解体を迫る。平たく言えば、西洋を特殊の位置に引きずりおろすことで、日本を西欧と等価な歴史的主体の位置まで相対的に押し上げようとする。そうである以上、西田が展開した歴史的世界は、西洋的近代に対するルサンチマンを背景として形成された、非西洋圏の、民族のナショナリズムでもある、と、見なさないわけにはいかない。とするならば、結局、西田の思想もまた、彼が批判したと信じたはずのヘーゲル哲学の変容(バージョン)に過ぎないのではないか。世界史は「一」ではなく、地域ごとに成立する「世界史」の集まりにすぎないと言っているだけなのだ。だからこそ、種の集合体として類を見なした上で、「個物が種を離れて抽象的個物となることは、却って個物が個物でなくなること」を意味すると、つまり、日本の世界史的使命実現のために(西欧諸民族と等価な国民、民族であるために)、個が自ら犠牲を求めることが創造的な生を意味すると、語り始めるのである。

　このような西田の歴史哲学は、多元論と一元論の入れ子式の構造になっている。西田が「我々の自己が歴史的世界の個物として歴史的形成的に働くと云ふことは、国家を媒介とすると云ふことでなければならない」、「個人は国家を離れることによって世界的となるのでなく、却つて国家的たることによつて世界的となるのである」（「国家理由の問題」）と語る時、彼の主張は、明らかに矛盾的自己同一の論理から逸脱している。国家間、文明間、民族間の対立、葛藤、闘争という、絶対矛盾が構成要素となって「世界史」を構築するというが、では、その矛盾をそのまま国家内、民族内にスライドさせることを、西田が許しているかと言えば、決して、そうはなってはいない。西田の歴史哲学では、矛盾的自己同一という同じ論理で完結しているように一見、見えながら、世界（類）の内部における種同士の関係のあり方と、種内部における個同士の関係のあり方は、まったく別ものである。種のレヴェルでは、対立と葛藤、闘争状態という諸民族間の「矛盾」そのものが、「歴史的世界」という「一」を形成すると語りながらも、個のレヴェルでは、個体間の、あるいは個と種の「デモーニッシュ」な闘争状態に言及されることはない。そこでは、それぞれの個が「個性」を発揮していくことを通じて、種が形成されていくと言ったような、予定調和が語られている。しかし、ごく控えめに言っても、個の側から種を眺めてみた時、種は、日本文化という超越的価値によって均一化を強制するような負の機能として、立ち現れることも、充分、ありえるはずである。

もはや言うまでもないことだが、タウトとその共鳴者である戦時下の知識人に対して、猛烈な批判を展開した坂口安吾の「日本文化私観[32]」は、「教祖の文学」をはじめとする一連の小林秀雄批判と同じ水脈の上に位置している。西田もまた、戦時下においてタウトに親炙した知識人の一人なのだ。

タウトは西洋の模倣を志向する日本の姿を、不調和で不格好で没個性なものとして、不快感を繰り返し表明する。タウトの眼に東京の風景は、「あらゆる様式、とりどりな家の大きさ、このごった混ぜが、文字通り偶然出来上がったようなものであって」、「まるっきり東洋的なものを持っていない」、雑然とした無個性な風景として映っている。あるいは、「ヨーロッパ風な服装をした日本人」は、「夥しい不調和が、特にネクタイ、帽子、服地、服地の色合い等々に見受けられ」、不格好この上ない代物しかない（「日本文化私観」）。

それに対する安吾の批判は次のようなものである。

欧米人の眼から見て滑稽千万であることと、我々自身がその便利に満足していることとの間には、全然つながりが無いのである。彼等が我々を憐れみ笑う立場と、我々が生活しつつある立場には、根底的に相違がある。我々の生活が正当な要求にもとづく限りは、彼等の憫笑は甚だ浅薄でしかないのである。湾曲した短い足にズボンをはいてチョコ〳〵歩くのが滑稽だから笑うというのは無理がないが、我々がそういう所にこだわりを持たず、もう少し高い所に目的を置いていたとしたら、笑う方が必ずしも利巧の筈はないではないか。（「日本文化私観」）

我々の生活が健康である限り、西洋風の安直なバラックを模倣して得々としても、我々の文化は健康だ。我々の伝統も健康だ。必要ならば公園をひっくり返して菜園にせよ。それが真に必要ならば、必ずそこにも真の美が生まれる。そこに真実の生活があるからだ。そうして、真に生活する限り、猿真似を羞ることはないのである。それが真実の生活である限り、猿真似にも、独創と同一の優越があるのである。（同右）

安吾は、「欧米人の眼から見て滑稽千万であること〻、我々自身がその便利に満足していることとの間には、全然つながりが無い」と語る。外側から観察する主体を中心におくような世界観なり価値体系（この場合は、タウト）を拠り所にして解釈していくような日本文化論など、そこに生きる私たちにとっての日本の現実とは、まったく無関係なものであると、安吾は言うのだ。タウトもまた小林と同じく「鑑定人」なのであり、日本の現実を生きることなく、外側から眺め、美なり規範なりに反するものとして、一方的に裁断しているにすぎない。

もちろん、そのような「鑑定人」による日本文化論など安吾に言わせれば、ただの解釈であり、空疎な言葉の羅列に過ぎない。「真に生活する限り、猿真似を羞ることはないのである。それが真実の生活である限り、猿真似にも、独創と同一の優越がある」、「我々の生活が正当な要求にもとづく限りは、彼等の憫笑は甚だ浅薄でしかない」と言っているように、安吾にとって真実の生活は、死にたくない、楽がしたいというような interest、利害＝関心的態度に根を持たなければならないからである。その要求に基づく生活を目指す限り、西洋文明の模倣であるのか、それとも日本で自然発生的に成立したものであるのかという問いかけ自体が、無意味なものとなる。タウトの薦めに従って、西洋の模倣を止め、日本人としての文化的アイデンティティーを手に入れるために、彼によって提示された日本文化像をあるべき姿と認め、その維持に専心することなど、安吾に言わせれば、認識論的転倒に過ぎない。日本の現実を生きていないタウトという「鑑定人」が美の体系として編み上げた日本文化論など、安吾にとっては、停車場を封鎖して駕籠を利用せよ、発電所を封鎖してろうそくで灯をとれと勧めるかのごとき、ナンセンスな妄言でしかないのである。

そして、さらに安吾は次のようにタウトを批判する。

タウトが日本を発見し、その伝統の美を発見したことと、我々が日本の伝統を見失いながら、しかも現に日本人であることとの間には、タウトが全然思いもよらぬ距りがあった。即ち、タウトは日本を発見しなければならなかったが、我々は日本を発見するまでもなく、現に日本人なのだ。（中略）日本精神とは何ぞや、そういうことを我々自身が論じる必要はないのである。説明づけられた精神から日本が生れる筈もなく、又、日本精神というものが説明づけられる筈もない。

（「日本文化私観」）

マルティン・ハイデガーは『存在と時間』で、「現存在は、世界内存在として、本質上他者と共なる共存在において実存するかぎり、そうした現存在の生起は、共生起的であって、運命として規定されている」(33)と、語っている。ここで言う「運命」とは「共同体の、民族の生起」という意味であるが、さらにここからハイデガーは「現存在の宿命的な運命が、現存在の完全な本来的生起を構成する」というテーゼを導き出している。分かりやすく言えば、ハイデガーは人間存在の本来的性格を、世界内存在として存在すること、具体的には共同体の、あるいは民族の一員として存在することに求めている。日頃からこのことに関して無自覚な、頽落の中に生きる世人は、その自覚を自らに促し投企していく、つまり民族の一員として生きるよう意識的に実践していくことによって、自らの本来的性格を獲得していくことができる。そう、ハイデガーは言っている。このような議論を横に置いてみると、安吾の主張がちょうどその反対であることに気づく。「説明づけられた精神から日本が生れる筈もなく、又、日本精神そのものが説明づけられる筈もない」、つまり、安吾からすれば、頽落の中にある世人としての姿こそが、日本の現実を生きる〈私〉の本来的性格なのだ。「説明づけられた精神」に日本人としての本来的性格を認め、そこに向かって自己存在を投企していくなど、今、自分が現に生きている生を逸脱と位置づけ、説明づけられた生き方に本来的生活を求めるような錯誤に過ぎない。

同じことは、昭和一一年の段階ですでに、「文学にも日本精神にかえれという声があるが特に日本精神を意識することは危険である。恰も小説を書くに当って特に自己を意識することが甚だ危険であることと同然である。」「我々は如何に自我に無意識であろうとも、結局小説の最後においては自我を語っているのである。[34]」と、主張している。世界を解釈の体系として編み上げ、その中に自らを位置づけ、実践的な投企を通じて生存の意味を求めるような、生の様式そのものを安吾は拒否している。

ニーチェは「私たちが意識する、すべてのものは、徹頭徹尾調整され、単純化され、図式的に解釈されている[35]」と語っている。世界を不断に変遷していくようなプロセスそのものと見なすならば、結局の所、意味、あるいは解釈は、生成変化しつつある世界そのものを固定化しているにすぎず、これを世界そのものに照らしてみれば、表象は世界の歪曲化以外にはなくなると、ニーチェは主張している。そして、安吾にとっても、自己存在、そして世界は意味づけることを拒否するような物自体にすぎない。説明、解釈、意味はすべて、私自身、世界そのものとは、「全然思いもよらぬ距り」がある。安吾にとって、実存的本質とは、自己意識によって追放された無意識、そこにひそむ肉体や欲望、原初的な差異化されていない無意味、無秩序、混沌以外には、ありえない。だからこそ、安吾にとっては、投企という意識的実践を拒絶して、盲目的な衝動（利害＝関心的態度）に身を委ねるような、即時的な生の様式にこそ、自己の本来的性格が存在するのだ。
その安吾は、「青春論」で、次のようにも語っている。

世に孤独ほど憎むべき悪魔はないけれども、かくの如く絶対にして、かくの如く厳たる存在も又すくない。僕は全身全霊をかけて孤独を呪ふ。全身全霊をかけるが故に、又、孤独ほど僕を救ひ、僕を慰めてくれるものもないのである。この孤独は、あに独身者のみならんや。魂のあるところ、常に共にあるものは、ただ、孤独のみ。

「日本文化私観」を書かなければならなかった安吾が、繰り返し語る「孤独」とは、〈美〉を拒絶するのと引き替えに、引き受けざるをえないような、他者あるいは共同体との連帯感情の断絶を意味している。
西田の思想では、種は個に対して犠牲を求めていたが、同時にそれを隠蔽するために、ゲマインシャフト的な精神的共同体の意匠が凝らされている。西田は、連帯と自己犠牲のモラルを、「無心」という日本文化が生みだした精神的価値として、個々の感性に内面化していく。西田の思想において日本文化とは、共同体との関わりの中で拘束状況に置かれた客体（身体）と、その結果、自分の内面からあらゆる価値を発生させることを余儀なくされた主体（精神）との分裂を、ふたたびつなぎ合わせる方途になってしまっている。日本文化の共有は、内面の共有＝民族を成立させる。結果、共同体による拘束状態は隠蔽されてしまい、それどころか、主観的には民族や国家への主体的参加として意識されることになる。

安吾が拒否しているのは、このような文化と人間との関係そのものである。そして、その拒否とは、価値を成立させる源として、（小林や西田が放逐した）利害＝関心的態度を含む、無軌道で不定形で流動的な内面世界そのものに、主体の主体性を定位することを意味している。このような安吾的主体が実践される姿を、西田や小林との対比から捉え直せば、たとえば、無軌道な欲動に身を委ねる〈私〉は、「無心」と言ったような日本文化の中に生きることを絶えず否定し続けるような〈私〉としてのみ、実現されることになるだろう。それは同時に、共同体から拒否される、孤立化した〈私〉として生きることを意味する。

「人間と人間、個の対立というものは永遠に失はれるべきものではなく、しかして、人間の真実の生活とは、常にたゞこの個の対立の生活の中に存してをる」(36)と語る安吾の批評は、単なる人生論ではない。それは、西田的なもの、つまり、西洋に対しては非西洋圏の諸文化が内包する固有の価値を主張しながら、共同体構成員に対しては臣民であることを強要する、戦時下の日本文化論が抱える二重構造を透視する視点でもある。無秩序と混沌という利害＝関心的態度の原初的状態に身を委ねれば、個人間にゲゼルシャフト的な闘争状態が出現するとしても、同時にそのような実存様式の内部においては、西洋と日本という空疎な図式は失効され、転倒された生と死の価値関係は再転倒されていく。安吾の批評を視座にして今日から見るならば、西田の日本文化論において定位された主体は、近代国家が要求する国民観念の、単なる、言い換えに過ぎない。安吾を視点とするなら、主観的には乗り越えたはずの近代主義から、西田は一歩も外には出ていなかった、と言ってもいいだろう。

【注】

（1）『書評』昭和二二（一九四七）・一
（2）『文學界』昭和一七（一九四二）・六
（3）「教祖の文学」『新潮』昭和二二（一九四七）・六
（4）『改造』昭和一六（一九四一）・七、八
（5）『文學界』昭和一七（一九四二）・一一
（6）「二合五杓に関する愛国的考察」『女性改造』昭和二二（一九四七）・五
（7）『文學界』昭和一八（一九四三）・二〜六
（8）上野成利訳「美学イデオロギー」２『批評空間』平成九（一九九七）・七
（9）「文学のふるさと」『現代文学』昭和一六（一九四一）・七
（10）「杭州」『文藝春秋』昭和一三（一九三八）・五
（11）「帝銀事件を論ず」『中央公論』昭和二三（一九四八）・三

(12)「物語が壊れる時―坂口安吾と小林秀雄」『群像』昭和六一（一九八六）・一
(13)岩波書店　昭和一五（一九四〇）・三
(14)『思想』昭和一六（一九四一）・五、六
(15)森傭郎訳『ニッポン』講談社学術文庫　平成三（一九九一）・一二
(16)「歴史的世界に於ての個物の立場」『思想』昭和一三（一九三八）・八、九
(17)(13)と同じ
(18)(14)と同じ
(19)篠田秀雄訳　岩波文庫
(20)「人間学」山下太郎他訳『カント全集』第一四巻
(21)『終焉をめぐって』講談社学術文庫　平成七（一九九五）・五
(22)ライプニッツ　下村寅太郎他訳「モナトロジー」中央公論社『世界の思想』三〇
(23)「国家理由の問題」岩波講座『倫理学』第八冊　昭和一六（一九四一）・九
(24)ランケ　鈴木成高他訳『世界史概観』岩波文庫
(25)ヘーゲル　長谷川宏訳『歴史哲学講義』(上)岩波文庫
(26)古東哲明訳『ヘーゲル以降の歴史哲学』法政大学出版局　平成六（一九九四）・七
(27)「世界新秩序の原理」昭和一九（一九四四）・三
(28)荒井正雄『西田哲学読解』晃洋書房　平成一三（二〇〇一）・一一
(29)宮川透『近代日本思想の構造』東大出版会　昭和四三（一九六八）
(30)上田閑照「西田幾多郎―『あの戦争』と『日本文化の問題』」『思想』平成七（一九九五）・一一
(31)『学術維新』原理日本社　昭和一六（一九四一）・七

(32)『現代文学』昭和一七（一九四二）・二
(33)原佑・渡辺二郎訳　中央公論社　昭和五五（一九八〇）・二
(34)「日本精神」『新潟新聞』昭和一一（一九三六）・一二・三
(35)原佑訳『権力への意志』下　筑摩書房　平成五（一九九三）・二
(36)「続堕落論」『文学季刊』昭和二一（一九四六）・一二

補　章　〈私〉の解体／〈物語〉の解体
——牧野信一と川端康成

第一節　演技する〈私〉——牧野信一の実験

内面という神話

柄谷行人が、「われわれが『内面』とよんでいるものは、社会的慣習」にすぎない、「内的なものは、徹頭徹尾社会的（制度的）である」(1)と言った時、この言葉は、私たちが近代的人間観と信じていたものがイデオロギーにすぎなかったことを言い当てている。私たちは内面の絶対的自由を主観的に獲得しているつもりでいるが、その確信そのものが、イデオロギーの内面化にすぎない。

既成の文学史は、このような人間観に絡めとられる形で形成されてきた。従来、近代文学といわれるものは、内面、つまり近代的自我のドラマとして把握されてきた。私小説もまた同じだ。それは従来、いわゆる近代的自我の文学の発展過程で、極北に位置づけられてきた、と言っていいだろう。私小説の〈私〉が、神聖視され、絶対視された自我・自意識の世界であることは、意識の俎上に登ることもないほど、自明のこととして受け取られている。

『文芸用語の基礎知識』では、「作者自身を主人公とし、おおむねその日常生活に取材しそこから芸術的感興を汲み上げ、自己の体験を文学的に追求するところに成り立つ。作品世界のリアリティーの保証を自己の体験の真実性に求める」[2]と、定義されている。私小説のリアリズムは、〈私〉が獲得した全知視点によって語られるがゆえに、現実の再現であることが保証される。眺められ、経験され、かつ語られた内容の現実性は、その視線の源である認識主体、経験主体、語る主体の絶対性を前提とする以外ない。ウェイン・ブースは、文学作品を読む時、私たちは「特定の細部がどのようなことを意味しているか」という疑問に絶えずさらされると、語っている。その時の判断の基準になるのが、語り手の「価値体系」、すなわち語り手がそこにどのような意味を見出だしているかである。読者は、作品の語り手と、作中で語られた出来事に対する意味づけなり、それに対する反応を共有していくことによって、作品世界に参入していくことになる。[3]そして、〈私〉の絶対性を前提として作品に向かう読者が、一人称語りを採用する私小説の表現様式を眼にした時、地の文に対する信頼意識を、一層喚起することになる。〈私〉が見聞したドラマ、〈私〉が体験した自意識の煩悶を〈私〉が語る、このような私小説の表現様式に向かった時、読者は、作品世界を実際に起こった出来事と見なすことを暗黙の内に前提としてしまう。この点で、私小説は、いわゆるリアリズム小説と比べて、二重に現実性が保証されている。

しかし、このような通念とは無縁なところにこそ私小説の実態はある、と言っていいのではないか。

たとえば、私小説の先駆と位置づけられている近松秋江の『別れたる妻に送る手紙』[4]、『疑惑』[5]という連作の書簡体小説がそれにあたるだろう。初作では、生活の困窮のため妻と別れ、お宮という娼婦に執心する〈私〉の様が描かれている。しかし、次作においては、下宿をしていた学生と駆け落ちした妻を探す〈私〉が描かれており、前作とは設定自体が異なっている。『別れたる妻に送る手紙』の〈私〉は、けっして『疑惑』の〈私〉ではない。ということは、いずれも架空の人物、虚構としての〈私〉であることになる。

『別れたる妻に送る手紙』には、次のような言葉がある。

　何につけ事物を善く美しう、真個のやうに思ひ込み勝ちな自分は、あのお宮が最初からさう思はれてならなかつた。すると昨夕から今朝にかけて美しいお宮が普通な淫売になつて了つた。（中略）自分の思つてゐたお宮が今更に懐かしい。

このような言葉を眼にした時、実はここで描かれたドラマとは、ただの淫売女を「清浄なもの」に見立ててしまうような〈私〉、既成の現実に対して私的空想を対峙させその中に生きる〈私〉のドラマであることに気づく。私小説で語られる〈私〉は、その出発点から、自我という近代的人間観・イデオロギーとは根本的に異質な内面の様式を抱え込んでいる。

牧野信一の短篇集『父を売る子』[6]もまた、〈私小説〉という文学史上の通念とは根本的に矛盾する要素を抱え込んでいる。ここに収められた作品群には、〈私〉が実は何者でもなく他者との関係の中で絶えず形成されては消滅していく虚ろな幻影に過ぎないこと、実作者と主人公の一致を読者に要請する叙述形式が、レトリックに過ぎないことを、意識の俎上に登らせる仕掛けが、ちりばめられている。牧野の初期作品群は、既成の私小説観のパロディになってしまっている。

そこで描かれた空虚な、実態を持たない〈私〉、そこで試みられていく実験的手法によって、牧野の小説は、制度と化した表現形式を異化していく。そして読者は、自明の前提として確信している、私が〈私〉であることすら（私が〈いま―ここにいる〉という明証性すら）、実は確とした根拠を持たぬ空虚な幻影にすぎないことが知られることになる。牧野の小説とは、この意味において、我々が無意識の内に解釈し図式化し類型化している（〈私とは誰であるか〉という問いに対する答えも含めた）世界観に亀裂を生じさせ、その背後に広がる空虚と混乱を垣間見させる装置となっている。

他者が期待する〈私〉

牧野信一の小説に登場する主人公はいずれも、〈他者に期待（あるいは予想）される私〉がどんなものかを、先回りして察知しては、それを演じようとしている。

『スプリングコート』[7]では、友人が「オボロモフ」という作家の話題を出した際、主人公の「彼」

は、「それくらゐ有名な小説を読んでゐなくては軽蔑されさうな気がした」ので、「あ、オボロモフか。」と言い、知ったふりをして空とぼける。「彼」にとって大切なのは、「オボロモフ」を知らない自分を他者の前にさらす誠実さではない。「それくらゐ有名な小説を読んで」いることを期待する他者に応える形で、〈知っている自己〉を演技することなのである。

また、『渚』[8]にも、次のような言葉がある。

「なにしろ彼方に居ると友達が多いからね。」純吉は、そんな出たら目を喋つた。彼には東京には一人の友達もなかつた。碌々学校へも通はず、多くの下宿の二階に転々して暮しながら休暇を待ち構へて帰るのだつた。

『渚』の純吉は、田舎の友人の前で、〈多くの友達とともに東京での生活を謳歌する遊学者としての私〉を演じている。「面白いだらうね、東京の学校は？」と尋ねる友人は、家業を継ぎ田舎にとどまることになった自分の境遇を嘆き、東京での生活を送る純吉を羨望の眼差しで眺める。純吉は、友人の期待に応える形で、東京生活を楽しむ学生を演技している。あるいは、『公園へ行く道』[9]の「彼」は、叔母の眼に自分が、勉学に神経を傾注する学生として映るよう、絶えずノートを手元に置いている。

また、『或る五月の朝の物語』(10)にも次のような言葉がある。

「お前は運動は不得意なの?」Ｆは一寸険しい眼付きをして、彼の返答を待つた。不得意には違ひなかつたが、不得意だと正直に答へてしまふのが、彼は具合が悪かつた。常々彼はＦの趣味におもねつて、いかにも自分は運動好きの快活な若者であるといふ風に見せかけてゐたから。(中略)夏休みになつたら、直ぐさま何処か遠方の水泳場へ出掛けて、万事を擲つて専心泳ぎを練習するぞ、一ト月で上達するだらう。

ここで彼は、妹に期待される、運動好きの快活な若者としての自己を懸命に演じようとしている。そして、妹が期待する自己像に、生身の自己を一致させるために、水泳の練習をすることまで決意している。牧野の小説に登場する主人公達は、ほんとうの自分をさらけ出すというような安易な関係を結ぶことはない。他人が築いた虚構の私と同体化していくことによってしか、彼らは他者と関係を結ぶことができないのだ。

したがって、彼らの心的世界には、自意識の煩悶など生じようがない。なぜなら、自意識の煩悶とは、自己の自己に対して抱くイメージと、他者の自己に抱くイメージの不一致によって、はじめて生じるからである。自意識の煩悶とは、自己の過去における経験や心象世界を体系化し再構築し、一つの物語として編み上げた絶対的な〈私〉（＝自己意識・セルフイメージ）が、他者や現実によって解体の危機に瀕した時、はじめて生じる。他者との関わりの中で何者でもなくなった自己が、私が〈私〉であることを他者性の欠落した妄想的思考の上に築き上げ、しかし、それもまた、他者（現実）の眼差しによって、危機に曝される。その過程で、自意識の煩悶ははじめて生じるのである。一方、他人の空想体系に参加することによってのみ関係を結ぶことができる彼らの存在様式において、煩悶するとすれば、それは、うまく演じることができたかどうかという一点においてのみである。このことは、『公園へ行く道』の次の言葉から伺うことができる。

ノートに専念に眼を晒した彼は、「専念に」といふ心の働きが唯一の努力の対照になつてゐて、だからそれが極めて技巧的である事に—我慢はしようとしたが……もう、その愚かな我慢に打ち勝てなかつた……

彼は、勉強に神経を傾ける学生を演じ切ろうとするが、どうしても没頭できず、演技は演技のままである。そして彼は、そのことに対して、我慢ができなくなる。彼が抱える煩悶は〈演じる自己〉になり切ることができないことに起因している。

彼らは、不変性をもった人格として存在するのではなく、他者との関係のあり方によってたえず姿を変える、可変的な何者かに過ぎない。このことは『スプリングコート』の次の一節からも分かる。

今が今まで彼は厭々ながらそのコートを着てゐた。他に外套がなかつたので内心恥しい思ひを忍んでこんなものを着てゐるのだつた。だがこの男にそんなことを云はれると、持前の卑しい虚栄心が出て、―俺はワザと斯んなに乱雑な服装をしてゐるんだ、ボンクラな奴には解るまいが肚では相当身なりについてもたくらんでゐるんだぞ―といふ、まつたく咄嗟の考へに気づいたのだつた。

和田博文は「『私』(『彼』)が冗談や酔狂で演戯しているというより、『私』(『彼』)の存在様式として演戯がある」と語っているが[11]、右の言葉では、〈私〉とは自己に関するイメージを発生させる場に過ぎなくなってしまっている。〈私〉とは、どのようにも変わる〈私〉である。他者が自分の着ているコートを誉めれば、「厭々ながらそのコートを着てゐた」〈私〉は、たちまち、服装に気を使わない振りをしているだけで、実は身なりに気を使っている〈私〉に変わってしまう。見るもの―見られるもの、という関係の中で形成される〈私〉とは、このような演技者としての〈私〉である。ここから考えれば、彼らは他者と関係を結ぶ度に、〈生身の自分とは異質なもう一人の自己〉を形成していく、ということになるだろう。関係が増えればその分、〈自己内他者〉の数も増えていく。彼らにとって他者と向き合うこととは、内部に〈異質なもう一人の自己〉＝〈自己内他者〉を築くことを意味している。

以上のような牧野の小説に登場する主人公達の心象風景は、『文学的自叙伝』[12]に描かれた、牧野と父親との関係と通底する要素を内包している。もちろん、『文学的自叙伝』に描かれた牧野少年の体験が、そのまま人間牧野信一の幼児体験を意味しているわけではない。あくまでそれは、作家牧野信一が、自分の幼児体験を文学的に解釈したものである。見方を変えれば、だからこそ彼の作品群と通底する要素を内包していると言えるだろう。

『文学的自叙伝』によれば、牧野の父親は中学在学中から米国に在住しており、卒業後も電信技師として米国海軍に勤務していた。父親が帰国したのは、牧野が九歳の時である。しかし父親は、日本の習慣に馴染めず別居して国津府で生活を始める。牧野もまた「はじめて見る父親をなぜか無性にバツを悪がつて一向口を利かうとしなかつた」。しかし、父親の「アメリカ人の友人」「と一緒になつて彼等の習慣の中であると、自然に父親とも親しめるやうになり」、英語でなら口を利けるようになったと言う。ここから分かることは、牧野は自己の内部に、今までの自分とは異質なもう一人の自己を形成することによって、はじめて異なる文化体系の中に生きる父親と関係を結ぶことができた、ということである。異なる言語を使用し、異なる習慣の中に生きる父親と関係を結ぶためには、父親がもう一度日本の言語、日本の習慣を身につけるか、自分が英語で喋り、アメリカの習慣の中で生きる他ない。牧野の場合、後者の道を選んだ、あるいは、選ばざるをえなかった。そしてそれは、〈自分と関係を結ぼうとする父親が期待する外国人としての私〉を、自己の内部で形成していくことを意味している。

牧野の小説に登場する主人公達が結ぼうとする他者との関係もまた、このような親子の関係と通じる要素を内包している。彼らもまた、〈従来の自己とは異質な自分〉を形成することによって、他者との関係を結んでいる。

私小説という制度

このような関係の中で形成される演技者としての〈私〉は、既成のリアリズム＝私小説という制度を解体しないでは止まない。たとえば、『熱海へ』の次の言葉がそれである。

「お母さん、もう一杯飲まない。」彼は何も気にしてゐないことを見せかけた。すると母は袖で軽く眼と鼻とを圧へてから、両方の手で盃をおさへて差し出した。芝居沁みてゐる、など、思ひながらも彼は妙にホツとした気易を覚えた。――いつそかうなれば、此方も……そんなことが考へられた。

『熱海へ』に登場する「彼」は、父親の放蕩に嘆く母親の振る舞いを「芝居」のように感じ、自分もその芝居に付き合ってやろうと考える。そのことによって、無頼な父親に苦しめられる母が期待している母と子という関係が築かれるわけである。

そして興味深いのは、このような演技者としての〈私〉の形象が、作家身辺の醜悪な日常の暴露という制度化された私小説の記憶を、読者に喚起するレトリックを形成している点である。ここでは、放蕩に耽る父親に嘆く母と子という〈身辺の醜悪な日常〉が暴露されているように一見、見えながら、決してそのようにはなっていない。母と子は不幸を演技しているに過ぎない。不幸が演技である以上、読者はそこに哀れみなり同情なりを感じる必然性を、認めることはできない。私小説に描かれている醜悪な現実こそ、演技であり虚構であることを、読み手の意識の俎上に登らせるよう、仕掛けがほどこされている。この意味で、『熱海へ』は久米正雄以来の私小説観のパロディー（＝リアリティーを剝脱していくための装置）になってしまっている。

この点については、他の作品にも、次のように語られている。

夜になつてから純吉は、清一を誘つて酒を飲みに出かけようかと思つたが、口先だけの遊蕩児である身の程を顧みて、うつかりするとそんな処で清一に出し抜かれる怖れを慮つたから、到底終ひまで、出かけようとは口に出さなかつた。（『渚』）

彼は（叔母達の予想とは全く反対に）可成りケチ臭くて精算的だつたし、それに遊びなどは殆ど経験もなかつた。

（『公園へ行く道』）

『渚』の純吉は遊蕩児のふりをしているにすぎず、その演技がばれることを恐れて、友人を飲みに誘いかねている。また、『公園へ行く道』の「彼」は、伯母に自分が遊びに通じているように見せかけながら、実際はケチであり、遊びの経験もほとんどない。いわゆる〈破滅型〉の主人公を作品内に登場させながら、それもまた、彼らにとってはポーズであること、他人が期待（あるいは、予想）する自己像を演じているに過ぎないことが、明かされている。これでは、放蕩に耽る登場人物を前にした共感も憧れも嫌悪も生じようがない。彼らにとっては、デカダンスもまた演技なのだ。私小説に解釈をほどこした既成の私小説観をさらに解釈しそれを取り込む形で、牧野作品のデカダンスは描かれている。既成の私小説観から見れば、彼らは私小説のアンチ・ヒーローと、言ってもいい。鈴木貞美も指摘しているように、[13] 演技する〈私〉を描いていくことで、牧野の小説では、既成の私小説観こそ虚構であること、私小説に登場する〈私〉とは、あくまで、フィクションとしての〈私〉にすぎないことが、読者の意識に登る仕掛けとなっている。

そして、それは文学上の問題に止まるものではなく、心的世界の絶対的性格を確信する、あるいは、〈内面〉という制度を何よりも価値のあるものと見なす、近代的な人間観からの決別を意味する。たとえば、志賀直哉の私小説では、〈私〉が絶対的な権威をふるう様が描かれている。〈私の気分〉とは〈私そのもの〉であり、両者の間には寸分の遊離も存在しない。自身と父親との関係を事実のまま書いたと、志賀自らが言う『和解』[14]には、次のような言葉がある。

自分がその時の現在に持つている父に対する不快を押し包んで何気ない顔で話しする事はとても堪えられなかつた。若しそんな事をして自分を欺き、第三者を欺きしたところで何になると思つた。

ここで重要なことは、主人公が、自分の父親に対する不快感を絶対視していることである。〈不快と感じる私〉とは、〈私そのもの〉であり、これを欺くことは自分を欺くことになる。それは、私が〈私〉でなくなることを意味する。たとえ、親子の関係が断絶したとしても、〈私〉であることを維持しようとする。気分に忠実であることとは、それほど彼にとって絶対の価値を持っており、その前には親子の絆など無価値に等しい。

〈私〉にとっては、自分の内面に漂う気分＝恋情にいかに忠実に振る舞うかが重要である。父親がどのような自分を期待するかなどは問題ではない。もし父親が〈私〉の実現を阻むならば、父親は〈私〉の気分＝不快感によって倫理的に裁断されてしまうことになる。

一方、『文学的自叙伝』に描かれた牧野と父親との関係は、志賀のそれとは根本的に異質な要素を内包している。異なる文化体系の中に生きる父親と関係を結ぶために牧野は、父親が期待する外国人としての〈私〉を、自己の内部で形成していく。演技者としての〈私〉にとって重要なのは、父親を前にして、〈本当の私〉をいかに実現していくかではない。父親が期待する〈私〉をいかに実現していくかなのだ。自分の父親にまつわる体験を題材として、〈私〉を徹底的に解明しようとした時、牧野は近代的な人間観の外部へと抜け出していく。牧野は、個人の内的世界の絶対的価値を確信する近代的な人間観を信じることはできない。

自己同一性という神話

『熱海へ』に始まる家庭内の不和を描いた連作の内、二作目にあたる『スプリングコート』には、次のような言葉がある。

「あなたが『熱海へ』とかといふ小説みたいなものを書いたでせう?」／「お前読んだのか?」彼は、ギクリとして問ひ返した。（中略）『熱海へ』といふのは彼の最も新しい創作だつた。事柄は実際の彼の家庭の空気をスケッチ風に書いたのだ。尤も彼は、その小説の主人公である自分だけは「私」としてはきまりが悪いもので「彼は—」「彼は—」といふ風に出来るだけ客観的に書いたが、彼の父や母や細君になると、さうはしなかつた。

短篇集『父を賣る子』で、『スプリングコート』は『熱海へ』の次に配列されている。つまり、作品集を冒頭から読み進めていく読者は、『スプリングコート』を読むに及んで、『熱海へ』の語り手を、『熱海へ』の叙述主体である「彼」として発見することになる。『スプリングコート』は、『熱海へ』を作品内作品として包摂していることによって、メタ・フィクションになってしまっている。

そればかりではない。このような叙述形式は、読者に主人公の生きる現実と実作者の生きる現実を同一視することを要請する既成の私小説観のパロディーにもなっており、そのことによって、私小説のリアリズムが実は虚像であることをも、読者に知らせることになる。『熱海へ』の主人公である「彼」の生きる現実を、客観的に眺め、三人称の語り口で叙述する「彼」を、さらに「客観的」に眺め、叙述するところに、『スプリングコート』の叙述者は位置している。このような複雑な語りの構造は、多層的な空間の構造を読者に予想させる。『熱海へ』と『スプリングコート』の二作には、『熱海へ』の「彼」が生きる空間、その彼を叙述する『スプリングコート』の「彼」が生きる空間、さらには『スプリングコート』を叙述する語り手の生きる空間と、三層の現実が読者の前に現れることになる。『父を賣る子』まで読み進むと、これにさらにもう一層加わる。従来、採用されていた一人称語りを放棄し、主人公を「彼」と叙述することによって、牧野の私小説はそれまでの〈私小説〉が包摂していたリアリティーを剥脱する。「彼」と呼ぶことによって、『熱海へ』の主人公とその作者との距離を読者の意識に喚起する。さらに『スプリングコート』では、『熱海へ』の作者を「彼」と呼ぶことによって、『スプリングコート』の主人公と語り手との距離を生じさせる。『スプリングコート』まで読み進めた時、読者は『熱海へ』で構築された世界が、『スプリングコート』の叙述者が構築する作品世界の主人公がさらに構築した世界であることに気づく。架空の人物によって構築された架空の空間、二重の意味でリアリティーを剥脱された現実が、『熱海へ』の作品世界なのだ。そればかりではない。『父を賣る子』まで読み進めた時、読者は『スプリングコート』の世界もまた、『父を賣る子』の主人公である「彼」が構築した作品世界であることを知ることになる。ここに至って、作者と主人公を同一視すること、作者の生きる現実と主人公が生きる現実が連続していることを前提とする既成の私小説観は、完全に破壊される。作品世界はどこまでいっても、次作の主人公である「彼」が構築した世界に過ぎない。読者はどこまでいっても、実作者に出会うことはない。

　牧野の小説では、〈語られた私〉ばかりでなく、〈作品を語る私〉の自己同一性をも、たえず否定されていくことになる。書き手である〈私〉もまた、実体としての作者＝現実の時空間に生きる生身の〈私〉ではありえず、やはり一つの虚構なのだ。

他者指向性の欠落――中期作品群への展望

演じることで〈私〉を形成する初期作品群の主人公達と同じく、中期作品群に登場する主人公達もまた、演技の中で〈私〉を構築している。『ゼーロン』[15]や『酒盗人』[16]の〈私〉は、ギリシヤ神話や西洋中世の騎士物語の英雄を演じる〈私〉であり、この意味で、初期から中期への作風の転換を、〈私〉の演技が過剰になっていく過程として、ひとまず捉えることができる。

しかし、中期の主人公達は、根本的に異質な要素もまた内包している。彼らは他人の眼に自分がどのように映るかという配慮を一切欠いたまま、私的空想の中に生きているのだ。

いわゆるリアリズムの論理は現実を再構成することを目指しており、その世界では、意味するものと意味されるものとの同一性が保障されている。中期牧野文学のレトリックは、このようなリアリズムの論理を突破しているところに特徴がある。中期作品群では、私的空想世界の中に生きる〈私〉に見えたものや、その〈私〉が発した言葉が語られる一方、そのような〈私〉が外側から客観視されている。安藤宏が「『ギリシャ牧野』の世界は」「夢の中の『私』と、現実の『私』、さらにその両者の関係―夢を見る〈いきさつ〉―を凝視する小説家の『私』と。この三者は時に一体となり、時に差異を主張しながら互いに位置を入れ替えていく」と解析しているように[17]、幻想世界をリアルな感覚で眺め、幻想が幻想であることを意識するもう一人の〈私〉の発話もまた、作品には記されている。中期の作品世界は、虚構世界に生きる〈私〉の言動と、それを外側から眺める〈私〉の発話が、オーバーラップする形で形成されているわけのである。

『吊鐘と月光と』[18]に登場する主人公の「僕」は、文学者と哲学者と科学者という三つの個性を抱えた存在である。しかも、「本来の俺の姿」は、この三つの個性のいずれにも属してはいないと、「僕」は語る。もちろんここに、自己同一性の解体を看て取ることもできるが、むしろ重要なのは次の言葉である。

丸源の太郎、二郎、三郎を眼ばたきをして見直すと、驚いたことには、その三人は、僕が「国境の丘」まで見送ったところの、三人ではないか！

ここでは、自己が内面に抱えていた（そして「国境の丘」まで「僕」が、見送り、捨て去ったはずの）三つの個性が外在化され、別の肉体を持つ存在として、ふたたび「僕」の前に姿を現している。自己の多重化＝自己同一性の解体が、他人が同時に自分でもあるというレトリックに直結する時、牧野は確かにリアリズムの論理を突破している。

このような、意味するものと意味されるものとの同一性の解体は、『吊鐘と月光と』のいたるところで、試みられている。たとえば、「僕は、胸を張つて得意さうに剣を振つた」、「僕はとても面白い、ペガウサスに打ちまたがつて雲を衝いて行くかのやうな気がする」という言葉がそれである。「僕」が得意げに振り回す「剣」は実は釣り竿であり、「僕」がうち跨がる「ペガウサス」とは、漁船のことだ。ここでは、言葉の内部で意味の対立が起こっている。ここに登場する「剣」、あるいは「ペガウサス」という言葉は、それ自体を指すと同時に、それとは別のものをも指している。

『吊鐘と月光と』に登場する、意味するものと意味されるものとの同一性の解体において、とくに注目すべきは、「視覚の錯覚なのだが、その巨大な提灯は」「宙に浮んで、小さく、明るい月に変つた」という一文である。実は、この文では、二つのレヴェルの言葉が、混淆されている。一つは、提灯が「明るい月に変つた」という部分。こちらは現実には起こりえない出来事がそのまま記されている。もう一つは、そのような超自然的な出来事が、「視覚の錯覚」として反省されている部分である。ここでは、現実的な世界感覚と相通じる合理主義的立場から、幻想が眼の錯覚であると語られている。〈眺められた私〉が見た幻が、私の中のもうひとりの別の人間の存在を暗示しているのである。

このような中期の作品群に見られる作風の転換は、他者志向性が欠落してしまっていることに起因する。中期作品群に登場する〈私〉は、周囲を神話的あるいは中世的な物語世界に見立て、虚構の世界の中に生きる〈私〉と、そのような私の様を冷ややかな眼で眺めるもう一人の〈私〉に分裂しているが、いずれも他者の眼差しなど一考だにしていない。まずは前者について見ていくと、『吊鐘と月光と』の、次の言葉が手がかりになる。

その人だかりの中には七郎丸の祖父と父親が紋付の羽織を着て控へてゐる。僕の父親も同じやうな姿で、醜く武張つた顔つきをしてゐる。（中略）僕等が既にこの世で永久の別れを告げた筈の祖父達が、そんな風に現れてゐるので僕は幾分馬鹿馬鹿しくもなつたが、（中略）僕は別段そこに何の不思議もない在り得べきことを見てゐる通りな心地になつて、何といふこともなく、／「まあ、好かつた。」と思つたりした。

自分の分身であるA、B、Cの三人が現れた焚火のまわりに、すでに他界したはずの祖父達まで姿をあらわし始めている。しかも、「僕」はそのことに驚愕するわけではなく、「別段そこに何の不思議もない在り得べきことを見てゐる」ように感じている。たとえ、現実の論理から見て絶対にありえないことであったとしても、「僕」はそれを〈あり得べきこと〉として認める。ここには、幻想の世界を現実として受け入れている「僕」、その世界の中で生きることに何の違和感も感じない「僕」のあり方が暗示されている。

また、『ゼーロン』にも次のような場面がある。

「ゼーロン！」／私は、鞭など怖ろしいもののやうに目も呉れずに愛馬の首に取組つた。「お前に鞭が必要だなんてどうして信じられよう。お前を打つくらゐならば、僕は自分が打たれた方がましだ」（中略）「立ち返るとも立ち返るとも、僕のゼーロンだもの」／僕は寧ろ得意と、計り知れない親密さを抱いて揚々と手綱を執つた。

「私」は、まるでドン・キホーテのように、あるいはアーサー王伝説に登場するランスロットのように、愛馬をいたわる騎士として、振る舞っている。自分が構築した虚構世界の中で、中世騎士物語の英雄として生きているのだ。ゼーロンはどれほど「私」が励ましても、やはり駄馬のままであるが、それでも「私」は自分が構築した虚構世界―その世界ではゼーロンはかつての名馬と見立てられているのだが―に生きることに、何の違和感も感じてはいない。むしろ、「私」は「計り知れない親密さ」をかつての名馬、ゼーロンに抱いている。

興味深いのは、虚構世界の中を生きる「私」には、他者あるいは社会との関係を取り結ぼうとする意志が見当らないことである。これらの作品で「私」は虚構を現実として受けとめており、あるいは、演技が演技であることを自覚しておらず、しかも、その現実はけっして他者と共有できるような性質のものではない。死んだはずの父親が目の前にあらわれたことを素直に認める「私」、駄馬を名馬と信じ、しかも自身のことを「強欲者の酒倉を襲つて酒樽を奪掠する」「泥棒詩人」と称する「僕」の生きる私的現実が、他者と共有できるとは到底考えられない。それはあくまで「僕」が構築した虚構の世界である。

そして、読者と同様に、作品の語り手である、もう一人の〈私〉もまた、日常の現実、リアルな世界感覚、あるいは他者の眼差しの前には、その幻想世界がもろくも崩れ去るであろうことを承知している。

あるいは、『酒盗人』の語り手は、七郎丸が「私の『永遠の夢』と現実との食違ひが、哀れで、且つまた同情の念に堪へぬ」と泣く姿を見つめている。〈眺められた私〉の生きる現実が虚構であり空想であることを知っている七郎丸の視点と同体化する形で、〈眺める私〉は、自分自身を見つめている。『吊鐘と月光と』の「僕」が「僕らが大酔のあまりかかる超現実性を帯びた興奮状態を露したのは、その凡そ十年近き以前の一夜だけで」と語る時、語り手の〈私〉によって、幻が幻であったことが自覚されている。同じことは、「武者修業物語を読んで興奮すると、これ〈筆者注、「練習用の Fencing Sword」を指す〉を振り回して作中人物に想ひを擬する」という言葉からも、読み取ることができる。サーベルを振り回す私を〈眺める私〉は、自分が武者修業物語の英雄ではないこと、作中人物に擬しているに過ぎないことを自覚している。また『吊鐘と月光と』には、登場する「僕」が「名状しがたい嬉しさ」のあまり、インデアン・ガウンを羽織って、インデアン・ダンスを踊り始める様子が描かれているが、奇態を演じる〈私〉を外側から眺めるもう一人の〈私〉の言葉が、次のように記されている。

一体僕は馬鹿で、悲喜の表れが露骨で、例えばこの頃でも、おそらく生活には要がないにも拘らず稍々ともすると幾何や代数の解題を試みるのであるが、極く稀に自力で問題が解ける場合に出遇ふと、狂喜のあまり不思議な音声を発したりするのである。

中期作品の語り手である〈私〉は、自分の言動がいかにナンセンスなものであるかを、重々承知している。喜びのあまり不思議な声を発したり、インデアン・ガウンを来て踊る「僕」の姿は、〈眺める私〉の眼には、馬鹿げたことにしか映らない。『ゼーロン』の語り手も同じである。彼は、たとえ騎士のごとく馬をいたわり必死に励ましたとしても、ゼーロンはやはり「打たなければ決して歩まぬ木馬」のままであることを知っている。

初期の作品群で、〈私〉とは、自意識と自意識を意識する私、言い換えれば、〈演じられた私〉と〈他者の期待する《私》を先回りして察知し、それを演じていこうとする私〉に分裂していた。主人公達は他者の期待に沿う形で〈私〉を演じていくことによってのみ、他人と向き合うことができたからである。

一方、中期作品の語り手である〈私〉は、私的現実の中を生きる〈私〉を外側から眺めるのみである。初期作品に見られたような、他者に向かうための共犯関係は、ここでは一切姿を消している。中期作品の語り手は、「永遠の夢」を生きる〈私〉とは、別の世界に生きる存在である。〈眺める私〉は、虚構が虚構に過ぎないこと、現実、他者の眼差しを前にした時、〈眺められた私〉が生きる私的現実が、脆くも崩れさるであろうことを知っている。「永遠の夢」という私的幻想とは別の、リアルな世界感覚の中に生きている。

私は人に秘れて、これらの書物を繙く夜々、多少なりとも、あれらの荒唐無稽を在り得べき夢として身辺に感じたい念願から、壁には長剣の十字を切つて飾りとなし、身には銀紙を貼つた手製の鎧をつけて、燭燈の光を頼りに、想ひをいとも「花やかなる武士道」の世界に馳せつづけてゐた破産者であつた。(19)

〈眺める私〉にとって、空想世界に生きる〈私〉、「手製の鎧をつけて」「花やかなる武士道」の世界に生きる〈私〉は、「破産者」に過ぎない。

ところが、それにもかかわらず、語り手である〈眺める私〉は、〈眺められた私〉＝〈「破産者」である自身〉を恥じながらも、その行動を統御しようという、そぶりも見せないのである。決して語り手が特権的な立場から登場人物を自由に操ることはない。牧野の作品を織りなす言葉は、レベルの異なる二人の言葉の対立関係によって形成されている。つまり、牧野の作品は、幻想とリアリズムという対立する二つの言語体系の接合によって成立しているわけである。『吊鐘と月光と』の、「視覚の錯覚なのだが、その巨大な提灯は」「宙に浮んで、小さく、明るい月に変つた」という一文の内部では、リアルな世界感覚の中に生きる〈私〉の言葉と、幻想世界に生きる〈私〉の言葉が、敵対的に対立し衝突している。提灯が提灯であると同時に月である（あるいは、駄馬が駄馬であると同時に名馬でもある）という見立てのレトリックの内部においては、幻視とリアルな眼差しという対立する二つの視点から同一対象が捉えられ、衝突し、結果的に二つの映像がオーバーラップされる形で語られていくことになる。

逆説的に言えば、中期牧野作品で幻想は、現実を侵すことで成立している。幻想の闖入によって、我々が自明のものとして受け入れているリアルな世界が、危うさと脆さの彩りを帯び始める。そのことによって、幻想は幻想として読者に意識されることになるのである。

【注】

（1）『探求Ⅱ』講談社　平成元（一九八九）・六
（2）『文芸用語の基礎知識』至文堂　昭和六〇（一九八五）・四
（3）米本弘一他訳『フィクションの修辞学』書肆風の薔薇　平成三（一九九一）・二
（4）『早稲田文学』明治四三（一九一〇）・五〜七
（5）『新小説』大正二（一九一三）・一〇
（6）新潮社　大正一三（一九二四）・八

(7)『新潮』大正一二（一九二三）・二
(8)『サンデー毎日』大正一三（一九二四）・四
(9)『十三人』大正一〇（一九二一）・三
(10)『文章倶楽部』大正一三（一九二四）・五
(11)『単独者の場所』双文社出版　平成元（一九八九）・一二
(12)『新潮』昭和一〇（一九三五）・七
(13)『人間の零度、もしくは表現の脱近代』河出書房新社　昭和六二（一九八七）・四
(14)『黒潮』大正六（一九一七）・一〇
(15)『改造』昭和六（一九三一）・一〇
(16)『文藝春秋』昭和七（一九三二）・二
(17)『自意識の昭和文学』至文堂　平成六（一九九四）・三
(18)『新潮』昭和五（一九三〇）・六
(19)『鬼の門』『中央公論』昭和六（一九三一）・一二

第二節　消費する〈私〉と流動化する〈私〉――川端康成『淺草紅團』

浅草の欲望

『淺草紅團』[1]には多くの仮装人物が登場している。この作品に登場する、浅草に生きる不良少年少女達は、みなもう一つの世間向きの顔を持っている。たとえば、銀猫梅公である。浅草に流れついた梅吉は当初、「大学生」を装い、詐欺まがいの手口で金を稼いでいたが、弓子との出会い――紅団への入団をきっかけとして「大分正業に近づいて、理容師の内弟子」（一五）になる。浅草に流れついた梅吉は最終的に、紅団員―つまり浅草に巣食う不良少年（少女）団の一員としての顔と、理容師の内弟子の顔という二つの顔を持つことになる。

　同じことは、春子の「昔はねお糸が公園を洗髪で歩くと、血の雨が降るつて言つたものよ。しばらく姿を見せないと思つたら、あきれちやつた、デパートの売子に化けてたんですつて」（四一）というセリフ、「浅草を根城にして、大川一つ渡つた本所の新小梅に本部を持つ、秘密の会員組織がある。」「女の会員には、百貨店の娘が多いさうだ」（四一）という言葉からも、読み取ることができる。浅草の不良少年少女達の多くは、デパートの売り子というもう一つの、世間向きの顔を持っているわけだ。浅草の風俗をふんだんにちりばめた作品の性格から考えて、二つの顔を持つ少年少女達の姿を伝えるエピソードもまた、浅草の生態学の一環を形成していることは、間違いない。

ところで、この仮装の問題と浅草という場所との関わりについて、作品には次のように語られている。

> 一たい日本人には、仮装の趣味がないのだらうか。鎌倉の海浜ホテルの仮装舞踏会でも、日本人で仮装してゐるのは一人もなかつたと、私は覚えてゐる。／しかし、新しい銀座には、貸衣装屋、すなわち変装屋がある――と、私はいつか戯れに書いたことがある。けれども考へてみると、銀座は化粧で沢山だ。変装を必要とするほど、陰の多い街ではない。／変装はやはり浅草のものらしい。さまで鵜の眼鷹の眼で捜し廻らなくとも、変装の人間はここでみつかる。／手近なところで、男装をした浮浪の女はいくらでもゐる。　（一七）

この言葉で注意すべきは、語り手の「私」が、日本人には仮装の趣味がないにしても、浅草だけが例外に属すると語っている点だろう。浅草という場所が内包する何かが、変装願望を刺激する、と言っているのだ。

では、浅草を往来する人々、そして弓子の変装欲を刺激するものとは、一体何であるのか。浅草という場所が内包する何が、人々の変装願望をかきたてるというのか。谷崎潤一郎は『鮫人』(2)で、次のように語っている。

社会全体はいつも流動する。いつもぐつぐつと煮え立つて居る。けれども浅草ほど其の流動の激しい一郭はない。（中略）われわれが覚えてから二十年来あの公園にはさまざまな物があつた。仰山な物や馬鹿げた物や奇怪な物やふざけた物や其の外枚挙し切れない物が、嘗て一度は其処にあつた。それらは今、何処へ行つてしまつたらう？

ここで語られているのは、浅草という場所が絶えず姿を変えていく、その速度の速さである。社会はいつも流動するとはいえ、浅草ほどそれが激しい場所はない、と谷崎は言う。同じことは、『淺草紅團』でも、「浅草の七箇月を写さうとするのは、昨年のお日さまを追つかけるよりもおぼつかないことを、諸君は知つてくれなければならぬ」（三九）と語られている。歓楽街としての浅草は絶えず新しい娯楽を提供しなければならず、したがって、絶えず変貌し続けなくてはならない。浅草において、七ケ月という時間は、街の有様が一変してしまうには十分の期間である。地方の農村とはまったく異なる変貌のスピードこそ浅草の時間感覚なのである。

このような浅草の流動性は、自己存在の単一性、あるいは自己同一性という神話を解体し、人間を感覚の束にしていく。ここに浅草という場所が変装・仮装の舞台として選ばれた一因が存在する。第三章でも述べたように、大正四年の段階で、すでに中澤臨川は、「人は機械的に特殊化せられ」、「精神」は「麻痺」し、人格の「有機的統一」が奪われたと論じ、その原因の一つとして「目眩るしく人間の外的刺激を増加した」「都市文明」の成立を挙げている。(3) 近代的な消費空間＝都市の成立にともなって、従来にはまったく存在しなかったような過度の刺激を人々は受けるようになり、その結果、有機的統一体としての人格は解体し、人間は感覚の束と化していく——このように、臨川は言うのである。そうであるとするならば、浅草の流動性、その変貌のスピードは、自己存在の単一性という神話を解体するには、十分すぎるほどであったはずである。

また、このような浅草の特徴を、石角春之助は『浅草経済学』(4) で、次のように語っている。

浅草は理屈を言うて長居されなくともい、のだ。瞬間々々の感覚によつて、享楽を得る場所である。そうだ。瞬間的に享楽を得る処に浅草の生命があるのだ、私が浅草を奇形的にしろと言ふのも、蓋しそこなのである。／大衆は流れていく。そして、次から次へと殆ど間断なく、しかし、大衆の一人々々が、鋭く感覚を動かし得る設備こそ、浅草にのみ与へられた神の恵みでもある。たゞ呆然たる光り、個性のない音。それがどうして近代人の心を惹かうか。

石角は、浅草を「瞬間々々の感覚によつて、享楽を得る場所」と語っているが、この言葉は浅草に足を踏み入れることで、人々が享楽的欲望に身を委ねる感覚の束と化していった事実を物語っている。

それればかりではない。そのことによって人々は、社会的地位や身分をも捨て去ることになる。『淺草紅團』で「私」は、添田唖禅坊『淺草底流記』の「淺草は万人の淺草である。淺草には」「人間のいろんな欲望が、裸のまま踊つてゐる。あらゆる階級、人種をごつた混ぜにした大きな流れ。淺草は生きてゐる」という言葉を引用している。この文章は、往来する人々が欲望に身を委ねていった結果、階級や人種という社会的な地位・身分が失効していく浅草の様子を伝えている。作品では「私」が「浮き世知らぬ顔の人だかりの多いのは、全く浅草の不思議さだ」（七）と驚く様子が書かれているが、同じことは川端自身もまた、「ここには職業の区別も、服装の美醜も、学問のあるなしも年令もない」[5]と語っている。ここに浅草が仮装人物を生み出すもう一つの原因が存在する。浅草を往来する人々はもはや誰でもなくなっているのであり、だからこそ誰にでも成りうるわけである。

仮装人物の優位性

この物語に登場する、不良少年少女の中で、もっとも変装が著しいのが、言うまでもなく、弓子である。紅団員としてのざんぎり髪の弓子の外、「舞台の踊り服を家でも着てゐる」ようないでたちの「ピアノ稽古場」の娘・「明公、男の弓子」・花屋敷の「切符切りの娘」・水族館の前で姉の元恋人と待ちあわせた時の「おさげの娘」・かつらを被り、着物を着て梅吉を誘った「玉木座の娘」――弓子は、登場するたびに変装をしている。
　このような弓子の人物像を考えていくにあたって、見逃してはならないのが、次の言葉である。

　浅草の盛り場の真中に、しかもネオン・サインの赤文字の広告燈まで屋根の上に堂々とかかげて、立派な貸衣装屋、兼変装屋があるのだ。（中略）弓子のいふのに、／『私はこの店のマネキン・ガアルみたいなもの。保証金を納めて、損料を払つて、こんないい広目屋つてないわ。』
（一七）

弓子は、自分は変装屋の「マネキン・ガアルみたいなもの」と自嘲気味に語っているが、しかし彼女は金銭をもらって変装屋の宣伝をしているのではない。彼女は「保証金を納めて、損料を払つて」、つまり、わざわざお金を払って衣装を借り受け、変装を繰り返している。弓子には変装癖があるのだ。自分が自分以外の何者かになることを楽しんでいる。たしかに、「姉さんを見たんで子供ん時から、決して女になるまいと思つたの」（一〇）、「私は男とゐると、自分をいつも計算してゐるのよ。女になりたい心と、女になるのがこはい心とを、秤の両方にかけて」（一〇）という弓子のセリフを見ると、赤木に捨てられ発狂した姉のお千代を間近に見てきたことが、仮装癖の一因を形成していることは間違いない。「女になるまい」という思いが明公への変装となって現れ、その裏返しである「女になりたい心」が他の変装となって現れている、ということだ。しかし、赤木に亜砒酸を口に含んで接吻した（赤木への復讐を成し遂げ、過去の清算を完了した）後もなお、弓子は油売りの娘に変装している。やはり、弓子は、もう一人の別の自分を演じること——仮装を、遊戯とも捉えている。

弓子の形象で重要なのは、彼女の言動からは統一的な人格が一切伺われないことである。自ら保証金と損料を収めて変装を繰り返す弓子にとって、〈自己〉とは「自分は自分だ」というような単一の人格ではない。他者に見られた自分、他者にとっての他者としての〈私〉なのである。弓子の人格とは、他者との関係の中で、ある役割（「ピアノ稽古場」の娘・「明公、男の弓子」・花屋敷の「切符切りの娘」・「おさげの娘」・「玉木座の娘」・「大島の油売りの娘」）をそれらしく演じるところに現出する。弓子にとって大切なのは、〈自分がなにものであるか〉よりも、〈自分が他者の眼にどのように映るか〉なのである。作品には、浅草という場を背景として変装する不良少年少女達が多数登場するが、この点で、弓子は他の少年少女達と、根本的に異なっている。

また、作品の末尾でも次のように語られている。

> 大島の油売りの娘が、瞳を上瞼へつり上げて、ぢいつと私を睨むのだ。（中略）弓子なのだ。／『どうも、どつかで見たと思つても、まさかね。』（中略）『いよいよ私だつてことが分からないでせう。』と立ち上ると、短い紺がすりの尻が割つてあるのだ。（六一）

死んだと思っていた弓子が「大島の油売りの娘」に化けて油を売っている姿を認め、「まさかね」と戸惑う「私」に向かって、彼女が「いよいよ私だつてことが分からないでせう」と言うところで、作品は終わっている。最後まで弓子は仮装し続けているのであり、しかも従来よりも一層、その腕前をあげている。弓子は「かうでもして稼がないと、なあんて」と「私」に語っているが、もちろん弓子は金銭を得るために油売りに変装しているわけではない。お金を稼ぐためだけならば、外にも仕事はあるはずだ。作品冒頭から繰り返し語られてきた弓子の変装に、「私」（そして読者）は驚きと戸惑いを感じてきた。そして作品の結末もまた、蘇生（？）した弓子がふたたび変装して登場することで、一層の驚きと戸惑いを「私」と読者に感じさせるものとなっている。

ところで、身体論の領域においては、しばしば見る主体の優位性がとなえられてきた。精神が不可視のものである以上、他者に見られた時、人は人格のある主体として映るのではなく、客体＝肉体として映る。見られる側は主体が無視され、物象化されていく。ここに見る主体の特権性が生じる、というのだ。しかし、弓子は見られることによって、「私」そして読者に対して優位な位置に立っている。変装を繰り返す弓子を前にして、「私」そして読者は、最後まで彼女の正体が分からず戸惑うばかりなのである。この場合、主導権は見られる側の弓子にある。「私」や読者は、彼女に関する、ある統一的なイメージを持つことはできない。彼女についての様々な挿話が組織化され、ある一定の人間性が浮かび上がるわけではなく、「私」そして読者が弓子についてイメージするものは、仮装した彼女にまつわる記憶の断片の集合にすぎない。

ここに『淺草紅團』のモダニティーがある。いわゆるリアリズム文学で、語り手の言葉＝地の文は、登場人物の言動・心理を解釈し判定する機能を持っている。語り手が登場人物のすべてを知り尽くしており、かりに語り手が登場人物に対して、反道徳的というレッテルを張れば、その人物はそういうものとして読者に認知されることになる。

しかし、『淺草紅團』では、このような語り手の特権性が否定されている。「私」は、知覚が限定された語り手である。このような頼りない語り手に導かれて作品世界に參入していく読者もまた、結局、弓子が何者であるのか知らされないまま、作品を読み終えることになる。いわゆるリアリズム文学とは異なり、『淺草紅團』においては語り手の主観が客観化され特権化されることはない。語り手「私」の意識は、登場人物の意識と並行して並んでいる意識なのである。そして、結果的にそれが、登場人物の統一的人格の不在という形をとって、言い換えれば、弓子の変装に戸惑う「私」の姿として、作品では現れている。語られる存在である弓子の仮装＝複数性は、結果的に語り手「私」の特権性を打ち消す役割を果している。

語りの非特権性

川本三郎が論じているように(6)、明治末年から昭和初頭にかけての作品群を閲してみた場合、変装をがある。

遊戯と捉える作品を散見することができる。たとえば、谷崎潤一郎の『秘密』(7)には、次のような言葉

一体私は衣服反物に対して、単に色合いが好いとか柄が粋だとかいふ以外に、もつと深く鋭い愛着心を持つてゐた。(中略)あの着物を着て、女の姿で往来を歩いて見たい。……こう思つて、私は一も二もなくそれを買う気になり、ついでに友禅の長襦袢や黒縮緬の羽織までも取りそろえた。(中略)「秘密」「疑惑」の気分に彷彿とした心持で、私は次第に人通りの多い、公園の六区の方へ歩みを運んだ。

主人公の「私」は、「女の姿で往来を歩いて見たい」という女装への願望を抱いており、それを実現するため「浅草の松葉町辺」にある寺の一間を借り受ける。そして、その部屋で女装しては浅草の町を歩いて回る。『浅草紅團』でも、「白粉に日本髪のかつら、赤づくめに女装した男」(一七)の挿話が挿入されている。いずれの作品でも女装した男性が徘徊するにふさわしい場所として、浅草が登場しているわけである。

場所は浅草とはややずれるが、永井荷風の『濹東綺譚』(8)でも、主人公の「わたくし」は玉の井付近を散策する際には、変装を試みている。

わたくしは毎夜この盛場へ出掛けるやうに、心持にも身体にも共々に習慣がつくやうになつてから、この辺の夜店を見あるいてゐる人達の風俗に倣つて、出掛けには服装を変ることにしてゐたのである。

『秘密』とは異なり、『濹東綺譚』では、変装願望と屈折した耽美享楽的衝動とが連結しているわけではない。しかし、彼もまた一人二役を楽しんでいるのは事実である。作品には、下町の住人の風を装うと「何処でも好きな処へ痰唾を吐ける」「ベンチや芝生へ大の字に寝転んで鼾をかゝうが浪花節を唸らうが是又勝手次第」と、喜ぶ様子が描かれている。山の手知識人である「わたくし」は、下町の住人に変装することで、同じ現実がそれまでとは異質なものに変化し始めることを楽しんでいる。

これらの作品と『淺草紅團』との決定的な違いは、次のように整理することができる。たとえば、『秘密』の主人公は浅草の住人ではない、いわば非浅草人である。そして、浅草を訪れる時、主人公は、もう一人の自分に変装する。浅草での顔とそれ以外の場所での顔を使い分けているわけである。この点は、『濹東綺譚』もまた同じである。しかし、『淺草紅團』の場合、浅草の訪問者である「私」は、浅草の外でも内でも同じ顔で通している。「私は紅座がやる芝居を一幕書くやうに頼まれてゐた」（一）という言葉や、「ほんとうにね。その私がこんなになつちやつて、それをあんたが小説に書いて――へん、不思議な因縁ね」（二〇）という弓子のセリフが示すように、「私」は、浅草において小説家であることを——たとえば、『濹東綺譚』の「わたくし」がお雪に対してそうしたように——隠してはいない。「浅草つ子になれない人ね」(二)、「あんたになんぞ、浅草の醜いどん底は分りつこないわ」(六)と弓子が「私」に言うように、あくまで「私」と浅草との間には距離が介在する。作品では、浅草という場の特異な性格が変装を人々に促す一因を形成していることが暗示されていた。しかし、「私」はけっして浅草に溶け込むことはなく、したがって「私」は、変装する側に立つこともない。むしろ、不良少年少女達の変装に驚かされ、弓子の変装に翻弄されることになる。

さらに、「私」と浅草との間に横たわる距離の問題を、語り手である「私」の機能に即して考えてみると、この作品で「私」は、感情不在のまま浅草を眺めている、とも言うことができるだろう。ここで言う感情不在とは、見聞した風景や出来事を一貫した一つのイメージなり世界観なりとして組み立てていく志向性が欠けていることを意味している。眼に見える浅草の様子が、私の抱いていた浅草像と同じなのか違うのか、違うならば自分が抱いた浅草像をどう修正しなければならないのか。「私」は、このような反省的思考を一切欠いたまま、浅草の様子を伝える断片的挿話を断片のまま読者に紹介している。一四章で「私」は、「細民や労働者が浮浪人のところへ、そのもらひ集め——つまり残り物のまた残り物を、一飯二銭三銭で買ひに来ることを知つてゐるか」と語り、社会の最下層に眼を向けている。しかし、その直後に、谷崎潤一郎の「浅草公園だけが不良少年なのである」という言葉を引用し、「昭和四年の大晦日の夜、十一時五十分から、JOAKが浅草観音の境内にマイクロホンを二つすゑつけ、参詣人の足音、鈴の音、おさい銭の響き、柏手の音、百八の鐘、鶏の声なぞ、除夜の気分を諸君に放送するさうだ」と浅草の繁栄ぶりを語っている。言うまでもなく、この二つのエピソードは、浅草における上層階級と下層階級というような、社会構造上の問題として登場しているわけではない。二つの浅草に関する断片的挿話が、何の因果関係も示されないまま配置されている。

見聞した出来事を、一つのイメージなり世界観なりとして組織化していく思考の不在は、そのまま『淺草紅團』における筋の不在を形成する原因となっている。先ほど言及した志賀直哉の『和解』[9]には、「事実を書く場合自分にはよく散漫にいろいろな出来事を並べたくなる悪い誘惑があつた。」「実際、それらはいずれも多少とも因果関係があつた。」「自分は書きたくなる出来事を巧みに捨てて行く努力をしていかなければならなかつた」という言葉がある。『和解』のリアリティーとは、〈語られる私〉に関する出来事を、〈語る私〉が取捨選択し、自然と感じられる因果関係に沿って並べ変えていくことを意味している。一方、『淺草紅團』の「私」は、都市の表現にとどまらず、弓子や春子との交渉を記した挿話についても、ある一定の筋を形成する形で取捨選択することはない。かりに『淺草紅團』という作品を弓子の物語として組み立てていくのであれば、赤木と弓子のエピソード（二七）から、ふたたび弓子が登場する最終章までの間はすべて捨象されなければならない。しかし、実際には、作品前半で「私」と弓子の交渉、弓子と赤木の交渉が語られ、何の因果関係も示されないまま、後半では「私」と春子の交渉が語られている。たしかに、春子との交渉を記した二八章から六〇章の間には、春子の「明公、男の弓子さん。明公つたら年下のくせに、ずゐぶん私を可愛がらうとしますわ」（三三）というセリフなど、所々に弓子に言及した言葉もないことはない。しかし、分量的に見て、それだけのことを読者に伝えるために、作品の半分をも費やすとは、到底考えられない。また語り手の「私」は、「ここで私は、春子に諸君を案内させよう。といふのは、映画の『淺草紅團』では、弓子が死んでしまつたことになつてゐるのだ」（三九）と、春子が作品の前景に登場した理由を説明している。世間では弓子が死んでしまったことになってしまったから、春子を代わりに登場させたのだというのでは、小説の因果関係としては、あまりにも薄弱である。たとえ設定上、弓子と会えないとしても、春子との交渉を書かない自由を語り手「私」は持っているはずである。「私」と浅草との距離とは、語り手「私」と語られた「私」との距離でもある。語り手の「私」は、語られる「私」の浅草体験＝弓子や春子との交渉を取捨選択し、何らかの因果律に沿って並べ変えることはない。「私」は自分の体験にさえ、いわゆるリアリズム文学に見られるような語り手の特権を行使することはない。「私」が抱え込んでいる自分と自分自身との距離、〈語り手である私〉の〈語られた私〉に対する傍観者的姿勢が、『淺草紅團』における筋の不在の一因を形成しているのである。

【注】

（1）『東京朝日新聞』昭和四（一九二九）・一二から昭和五（一九三〇）・二、『新潮』昭和五・九、『改造』昭和五（一九三〇）・九

（2）『中央公論』大正九（一九二〇）・一～一〇

（3）「現代文明を評し、当来の新文明をトす」『中央公論』大正四（一九一五）・七

（4）文人社　昭和八（一九三三）・六

（5）「浅草活動街」『現代』昭和五（一九三〇）・六

（6）『大正幻影』新潮社　平成二（一九九〇）・一〇

（7）『中央公論』明治四四（一九一一）・一一

（8）『東京大阪朝日新聞』昭和一二（一九三七）・四～六

（9）『黒潮』大正六（一九一七）・一〇

あとがき

私の叔父の一人が、石原莞爾の部下だったことを知ったのは、一〇年ほど前のことだった。陸軍士官学校を卒業後、見習士官として奈良の連隊に配属されたのだが、その連隊を配下におく京都第十六師団の師団長が、東条英機によって陸軍を追われる直前の石原莞爾だった。

石原の年表を見ると、予備役になった直後、立命館大学で有名な世界最終戦争論を講じた、ということなので、現役時代にも部下に対して色々、彼独自の時局観のような話（日満連携とか五族協和とか、そんな話）をしたのではないかと想像し、叔父に話を聞きにいくことにした。ところが、予想に反して、石原は若手の将校に「政治がらみの話」は一切しなかったらしい。そんな話はまったくなかったと、叔父は私にはっきり断言していた。記憶に残るのは、演習後の訓辞が極端に短かったことと、歩兵操典は今後、見なくてよいと師団に指示したことだったと、私に話してくれた。満州事変の中心人物であった石原が時局がらみの話をまったくしなかったというのは、いささか不自然にも思える話だが、陸軍内部で「下剋上」が公然と行われていた時代状況を考えれば、そして、参謀本部時代の石原が日支事変不拡大論者の急先鋒だったことを考え合わせれば、若手の将校に物騒な話をするのを控えたのも、十分ありえる話のようにも思える。

他にも前々から抱いていた疑問をいろいろ叔父に問うてみたのだが、どの答えも私の予想を裏切る、意外なものだった。今日から見ると、陸軍と言えば、二言目には八紘一宇とか万世一系などといったファナティックな言葉が飛び出すような、極端な国体明徴論者の集団のように思えるが、実際には、そのような超国家主義者はごく一部だったらしい。ほとんどの将校は職人気質の持ち主だったと私に語って聞かせてくれた。警察官や消防士が殉職も辞さないように、軍人も戦死を辞さない、義務の遂行を支えるメンタリティーは愛国心よりも、職業人としての自負に近いものだったそうである。平泉澄や蓑田胸喜の話を聞いた覚えもなければ、大川周明や北一輝を読んだ覚えもない、というのが叔父の記憶である（叔父は旧制中学から士官学校に入学しているので、陸軍幼年学校では学んでいない。ひょっとしたら、思想教育は幼年学校が中心だったかもしれないが、その辺りはよく分からない）。

終戦直前、叔父は米軍による本土上陸に備えるため九州の部隊に配属される。その時、考えていたことは、「どうせ死ぬならあっさりと死にたいから、なるべく弾の当たりそうなところに行って、ゆっくり歩こう」というものだったと話してくれた。戦争に巻き込まれる中、死を当然のこととして受け容れる心境というのはこんな感じなのかなと、当事者から直接、話を聞かされただけに、妙に納得してしまった。結局、叔父は大尉で終戦をむかえることになる。

本書の中心テーマは『無常といふ事』を中心にした、戦時下の小林秀雄にあるのだが、構想の過程で、絶えず叔父の話が私の脳裏を去来していたことは言うまでもない。宿命に翻弄され、死の淵に追いやられていく自らの生を、そういうものとして受け容れながらも、なおかつ、愛おしむ心境というのは、小林独自のものではなく、戦時中、少なくとも一部の日本人の間では共有されていた心境だったらしい、というのが、今の私の漠然とした想像である。

そして、もう一つ。本書では坂口安吾を座標軸として、小林に対してやや批判的な言葉を記している。が、実際、昭和二〇年八月一五日までの現実にあって、終戦も東京裁判も日本国憲法も知らない日本人が、みんな安吾のように、「しらふ」でいることができたかと言われれば、やはり難しかっただろう、というのも正直な今の実感である。「魔性の歴史」(米内光政の言葉)から人が自由になるというのは、そう簡単なものではない。その意味では、あらためて本書を振り返ってみて、いささか小林秀雄に対して申し訳ないような気がしている。

本書を執筆するにあたっては、多くの方のご助力をたまわった。

京都橘大学からは、学術刊行物出版助成金をいただくことができた。記して謝意を表したい。

私が小林秀雄に関心を持つきっかけを作って下さったのは、関井光男先生である。『國文学　解釈と鑑賞』誌に、安吾と小林の関わりについて執筆する機会を与えていただき、以来、小林秀雄の批評について本格的に取り組むようになった。心よりお礼申し上げます。

出版に際しては、和泉書院編集部のご助力をたまわった。ありがとうございました。本書を執筆する機会をお与え下さったのは、花園大学名誉教授山﨑國紀先生である。私の学位申請に際してはご審査いただき、今回また、このような機会を与えていただくことになった。心からお礼申し上げます。

二〇〇六年七月

野村幸一郎

著者略歴

野村幸一郎（のむら・こういちろう）

1964年、三重県伊勢市生まれ。立命館大学大学院文学研究科博士後期課程修了。博士（文学）。現在、京都橘大学文学部助教授。

主要著書

『森鷗外の日本近代』（白地社　1995・3）、『森鷗外の歴史意識とその問題圏』（晃洋書房　2002・11）、『悪女の文化誌』（共編著　晃洋書房　2005・3）など

小林秀雄　美的モデルネの行方　　和泉選書 151

2006年9月1日　初版第一刷発行

著　者　野村幸一郎

発行者　廣橋研三

発行所　和泉書院

〒543-0002　大阪市天王寺区上汐5－3－8

電話 06-6771-1467／振替 00970-8-15043

印刷／製本　太洋社　　装訂　森本良成

ISBN4-7576-0381-9　C1395　定価はカバーに表示

―和泉選書―

書名	著者・編者	番号	価格
遠聞敦公　中世和歌私注	田中裕 著	141	二六二五円
隠遁の憧憬　平安文学論考	笹川博司 著	142	三六七五円
太宰治と外国文学　翻案小説の「原典」へのアプローチ	九頭見和夫 著	143	二九四〇円
京都と文学	京都光華女子大学日本語日本文学科 編	144	二六二五円
在日コリアンの言語相	真田信治・生越直樹・任榮哲 編	145	二六二五円
二十世紀旗手・太宰治　その恍惚と不安と	山内祥史・木村一信・笠井秋生・浅野洋 編	146	三七八〇円
南島へ南島から　島尾敏雄研究	高阪薫・西尾宣明 編	147	二六二五円
白樺派の作家たち　志賀直哉・有島武郎・武者小路実篤	生井知子 著	148	三七八〇円
近代解放運動史研究　梅川文男とプロレタリア文学	尾西康充 著	149	二九四〇円
風の文化誌	梅花女子大学日本文化創造学科「風の文化誌」の会 編	150	二三一〇円

（価格は５％税込）